夜間中学へようこそ

山本悦子

岩崎書店

目次

装画・本文挿絵／タムラフキコ
装丁／中嶋香織

夜間中学へようこそ

一　おばあちゃんの宣言《せんげん》

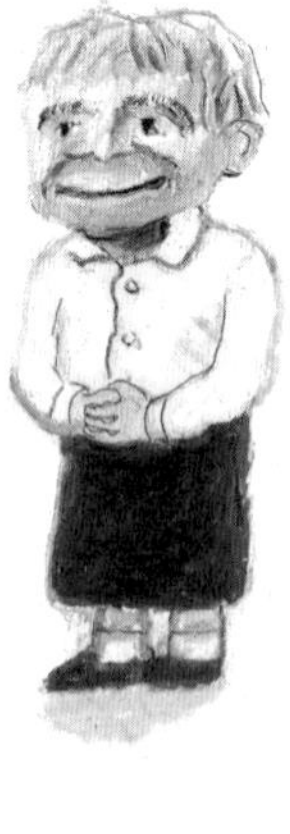

「今年は入学式までもたないわね」

夕ご飯のお皿を片づけながら、お母さんが言った。なんの話かと思ったら、

「桜、もう咲き始めてる」

桜の話だった。

まだ三月も一週間近く残っているというのに、ぽつぽつと咲き始めているのだ。この調子で咲いていったら、中学の入学式の四月六日までに散ってしまいそうだ。

「桜の下で写真を撮《と》れないと残念《ざんねん》だな」

ソファに寝転《ねころ》がったまま、お父さんが言った。

「いいよ、べつに」

だいいち、入学式の写真を撮るなんて恥《は》ずかしい。小学生じゃあるまいし。

「そうそう、制服取りに行った？」

「まだ。明日取りに行く」

制服と言われて、ちょっと憂《ゆう》うつな気分になった。

三月に入ってすぐに、お母さんと憂《ゆう》うつな気分になった。

「三年間のうちに背《せ》が伸びるから、大きいのを買っておいて丈《たけ》をつめるものなのよ」

と、わたしのサイズよりかなり大きめの制服を買った。サイズ直しをしてもらって、あとで大きくできるようになっている。
五、六年生と同じクラスだった朋美《ともみ》は、お兄ちゃんがいるので、中学情報《じょうほう》にたけている。中学には「オニバン」と呼《よ》ばれる生徒指導《せいとしどう》の先生がいることや、女子のバスケット部の先輩《せんぱい》たちにさからうと大変な目にあうこと、三年生と廊下《ろうか》で会ったら道をゆずるのがルールということなどを教えてもらった。
そんな朋美の情報によれば、縮めてあるスカートはひと目でわかるらしい。すそのあたりが重たいのだそうだ。しかも、あとで伸ばすと、折《お》り曲げていた部分だけ色が違《ちが》っていてかっこ悪い。だから、朋美は、ぴったりなのを買ってもらったと言っていた。二こ下に妹がいるから、きれいに着て妹に下ろすのが条件《じょうけん》らしい。もちろん、そのときには、朋美用に大きいのを買ってもらう予定だ。

でも、うちには、お姉ちゃんも妹もいない。わたしの制服はわたしだけのものだ。制服は三年間着るものと、決まっていた。すそが重くても、色あせてもだ。

小学校を卒業して一週間が過《す》ぎた。

卒業式が終わってすぐは、子ども会の「お別れボーリング大会」があったり、仲良しの友だちで集まって遊園地に出かけたりしたが、じきにやることがなくなった。だいたい、クラスのほとんどの子は、小学校の近くの桜台中学校に進学するのだ。「お別れ」というムードでもない。

小学校のままがいいとずっと思っていた。

五、六年と担任《たんにん》だった由美子先生は若くて、友だちみたいだった。うちのクラスは、毎月お楽しみ会をやっていて、よそのクラスはうらやましがっていた。

朋美《ともみ》、みのり、里沙《りさ》とは二年間ずっと仲良しだった。このまま四人でいられたらいいとは思うが、中学校は七クラスもあるのだ。現実的《げんじつてき》に考えれば全員が同じクラスになることはまずないだろう。三人のうちのだれかひとりでもいっしょになれたら、幸運くらいに思ったほうがいい。こわいのは、ひとりきりになったときだ。想像《そうぞう》するだけでぞっとする。

中学で最も心配なのは、友だち関係。新しいクラスにどんな子がいるのか、それが問題だ。気の合う子がいなかったらどうしよう。気が合わないだけならまだいいが、いじめの標的《ひょうてき》にされたら、どん底の中学生活が待っている。

その次に心配なのは、勉強。小学校の成績はほとんどが、三段階《だんかい》の2だった。3は、国語と図工だけ。もともと小学校の成績は、三段階しかないし、順位もつかない。たいていの子は「自分は真ん中辺」だと思っている。でも、中学校に行くと中間、期末のテストで学年順位が出るらしい。自分がどれくらいの位置にいるのか、知りたい気もするけれど、やっぱりこわい。

といっても、いやなことや心配なことばかりというわけではない。新しい環境《かんきょう》になれば新《しん》鮮《せん》で楽しいことだってあるだろうし、吹奏楽部《すいそうがくぶ》に入ってあこがれのトランペットを吹《ふ》きたいという夢もある。

だけど、なぜだろう。いつもちょっとだけ憂《ゆう》うつ。少しだけ胸《むね》の中が重い。セーラー服も、新しいクラスも、新しい友だちも。

「明日は仕事が休みだから、髪《かみ》の毛、切ってあげるね」

お母さんが言った。お母さんは、美容師《びようし》をしている。ここから電車で一時間くらいのところにある、けっこうおしゃれなお店の雇《やと》われ店長だ。

肩《かた》より少し長いわたしの髪《かみ》は、中学に入ったら、しばるか切るかしないといけない。わたしの了承《りょうしょう》を得る前に、お母さんは切るときっぱり決めていた。

「今は、ボブが人気よ」

お母さんに教えてもらうまでもなかった。最近人気急上昇《きゅうじょうしょう》中の十代の女優《じょゆう》さんのボブヘアがすごくかわいくて、小学生の間でも評判《ひょうばん》だった。

「わたしも切ってもらったほうがいいかねえ」

黙《だま》ってお茶を飲んでいたおばあちゃんが、突然《とつぜん》言いだした。

「おばあちゃんも切りますか？　まだ、そんなに伸びてはいないけど」

おばあちゃんは、ショートカット。白髪《しらが》は染《そ》めてないので真っ白だけれど、年の割りにはかっこよく決めている。

「わたしも四月から学校だから、きれいにしておこうかと思ってね」

「学校？」

冷蔵庫からウーロン茶を出しながら、おばあちゃんに聞き直した。

「学校って、俳句《はいく》とか？」

おしりで冷蔵庫を閉《し》めたら、お母さんににらまれた。

「わかった。カラオケ教室でしょ」

駅前に古い喫茶店《きっさてん》を直したカラオケ教室ができたと、だれかが言っていたのを思い出した。

「違《ちが》うよ」

おばあちゃんは、ひと呼吸《こきゅう》おいて、わたし、お母さん、お父さんを順番に見た。ほんの少し顔が緊張《きんちょう》しているように見えた。

「中学校に行くんだよ」

「中学校?」

お母さんとわたしの声が、きれいに重なった。わたしの学校を見に来るってこと?

「来なくていいよ。なにしに来るの?」

あせった。おばあちゃんは、いつも保育園のお迎《むか》えに来てくれたし、小学校のころは忘《わす》れ物を届《とど》けたりもしてくれた。でも、いくらなんでも、中学校にまで来られたら困《こま》る。

すると、おばあちゃんは、すまして答えた。

「ゆうなの学校なんて行かないよ。あたしが行くのは、青葉中学校」

「青葉中学校?」

「の夜間学級」

「夜間……学級」

ってなに？　お父さんとお母さんの顔を交互《こうご》に見た。ふたりとも「え？」という顔のまま固まっている。

寝転《ねころ》がっていたお父さんは、ソファに座り直した。

「夜間学級って、夜間中学のこと？」

夜間中学という言葉が出たとたん、おばあちゃんはうれしそうな顔になった。

「あんた、知ってるの？　夜間中学」

「うん、まあ、聞いたことくらいはあるよ」

お父さんは、曖昧《あいまい》にうなずいた。

お父さんが知っていたというのも、意外だった。わたしは、「夜間中学」なんて初めて聞いた。

「夜間高校」なら聞いたことがあるけど。

「夜間中学って、夜に授業をする中学校ってこと？」

おばあちゃんとお父さんにたずねた。すると、

「夕方の五時半から九時まで」

おばあちゃんから、すぐに答えが返ってきた。

「四月からそこに行こうと思っているんだよ」

「そんなこと、今初めて聞いたんだけど」

お父さんの機嫌《きげん》が悪くなっているのが、声でわかった。おばあちゃんは、小さな声で、

「なんだか言いにくくてさ。今さら中学校に行きたいなんて」

申《もう》し訳《わけ》なさそうに言った。お父さんは憮然《ぶぜん》として、

「なんでそんなとこに行かなきゃいけないのか、まずきちんと理由を説明してくれよ」

と、おばあちゃんを見た。理由を説明しろと言われて、おばあちゃんの顔がこわばった。それでも、話すしかないと腹《はら》をくくったらしい。過去《かこ》に犯《おか》した罪《つみ》を告白するように、つっかえつっかえ語りだした。

学校へは、数えるほどしか行っていない。小学校は一応卒業させてもらったけれど、中学校は卒業どころか入学もしていない。

「嘘《うそ》」

思わず口から出た。

「嘘じゃないよ。本当に、行ってないんだよ」

今にも消えてしまいそうな声だった。小学校も低学年のころしか行っていないので、漢字はほとんど読めないし、書けないとおばあちゃんは言った。

「漢字が読めない？」

お父さんは、「なんだ、それ……」と頭を抱《かか》えた。

小学校にも中学校にも行かなかったなどということが、世の中にあるのだろうか。六年の社会の授業で、「小学校と中学校は義務《ぎむ》教育」と習った。それは、昔から決まっていたと聞いている。おばあちゃんが子どものころだって、そうだったはずだ。

「もしかして、不登校の人だったの？」

学校に行かない理由は、それしか思いつかなかった。

六年のとき、わたしのクラスにもひとりいた。上村くんという男の子で、卒業式も来なかった。

「フトウコウ？」

おばあちゃんは、言葉の意味がわからないようだった。「学校に来たくない人」と教えてあげた。

「そういうのじゃないけどね」

「じゃあ、病気?」

おばあちゃんの返事を待たず、お母さんが口をはさんだ。

「昔はね、戦争《せんそう》とか戦争のあとの混乱で、学校に行けない子どもがいたのよ」

「え? 戦争のとき、もう生まれてたの?」

びっくりした。

「当たり前でしょ」

お母さんは、「なにを今さら」という顔をした。

「おばあちゃんて、何歳《さい》?」

おばあちゃんの年を確認《かくにん》した。

「もうすぐ七十六になるよ」

七十六。七十六歳の人って、戦争のときには生まれていたのか。

そういえば、去年、「戦争が終わって、七十年」だとニュースで言っていた。引き算をすれば、すぐにわかることだった。戦争のとき、おばあちゃんは、生まれていたんだ。なぜ気づかなかったんだろう。

戦争は大昔のことで、そのころ日本にいた人たちは、もうみんな亡《な》くなっているのだと思いこんでいた。戦争《せんそう》の時代のことなんて、今の日本人には全く関係ないし、過《す》ぎ去《さ》ったことだと思っていた。それなのに、その影響《えいきょう》が今も残っているなんて。しかも、うちのおばあちゃんに。

「お母さんの知り合いのお父さんにも、そういう人がいたわよ」

お母さんは言った。

おばあちゃんの話では、青葉中学には、そういう人のために夜間学級があるのだそうだ。それを「夜間中学」と呼《よ》ぶらしい。

おばあちゃんがひらがなの読み書きしかできないことを、おじいちゃんは知っていた。だから、ずっと家の中の「文字を書く」「読む」という役割をはたしてくれていたらしい。でも、そのおじいちゃんが、三ヶ月前に亡《な》くなった。亡くなる直前まで、おばあちゃんのことを気にしていたそうだ。

「前から、自分で新聞を読んだり、手紙を書いたりできるようになりたいとは思ってたんだよ」

おばあちゃんは言った。

「はあ」

お父さんは、わざとらしく大きなため息をついた。

「そんなことくらいなら、家でできるだろ。オレや理恵《りえ》が教えてやるよ」

おばあちゃんは、あわてて説明を加えた。

「中学に行ったら、字だけじゃなくてほかにもいろいろな勉強を教えてくれるって、先生がおっしゃるんだよ」

おばあちゃんは字だけではなくて、いろいろな勉強をしたいと思っているらしい。こんなおばあちゃんになっているのに、勉強したいだなんて驚《おどろ》きだ。

おばあちゃんは、小さな体をより小さくして頭を下げた。

「みんなには迷惑《めいわく》かけるかもしれないけど、年寄《としよ》りの道楽だと思ってくれないかねえ」

「道楽だなんて思わない。すごくいいと思う」

お母さんは、「すごくいい」に力をこめた。

「今からでも勉強したいって、おばあちゃん、立派《りっぱ》だわ」

「そうかい？」

お嫁《よめ》さんであるお母さんにほめられて、おばあちゃんの顔がほころんだ。

「ね？　優菜《ゆうな》もそう思うわよね」

お母さんに聞かれて、反射的《はんしゃてき》にうなずいた。

「ね？　お父さん」

お母さんは、お父さんにも同意を求めた。お父さんは、

「あ、ああ。うん。そうだな」

ちょっと考えながら、うなずいた。

「でもなあ、五時半だろ。送ってあげられないよ。オレも理恵《りえ》も帰って来るのが遅《おそ》いし」

お父さんは車のセールスをしている。帰って来るのは、いつも九時ごろだ。お母さんは、お店は七時までだけれど、家に着くのは八時ごろだ。お店が長引いたときは、九時を過《す》ぎることだってめずらしくない。どっちもおばあちゃんが学校へ行く時間には間に合わない。

「ひとりで行けるよ。青葉駅までたった三駅だし。学校は、駅からすぐなんだよ。おじいちゃんが入院してた病院より、うんと近いんだから」

おじいちゃんは、三年近く入退院をくり返していた。おばあちゃんは、その間、ほぼ毎日ひとりでバスに乗って病院に通っていた。

お父さんは、反対こそしていないが、すっきりしていないのはだれの目から見ても明らかだった。「べつにそんなところに通う必要《ひつよう》なんてない」と思っているのだろう。

「ダメかねえ」

おばあちゃんは、お父さんの顔をのぞきこんだ。

「ダメとは言わないけど、夜だし、危なくないか？」

ぐずぐずと言葉をにごすお父さんに、おばあちゃんは、決定的なひとことを告げた。

「困《こま》ったねえ。実はもう、入れてくださいって、校長先生にお願いしてきちゃったんだよ」

「ええっ！　もう頼《たの》んできたのか？」

お父さんだけではない。わたしも、お母さんも、驚《おどろ》いておばあちゃんの顔を見た。

いつのまにそんなことをしていたのだろう。おばあちゃんは、いつも人の言うことに「はい、はい」と言っているタイプで、自分からなにかをするということはない。それなのに、たったひとりで中学校に乗りこんで、入学まで決めてきた？

「じゃあ、許《ゆる》すも許さないもないだろ。もう決めてるんじゃないか」

お父さんは、不機嫌《ふきげん》な声を出した。

「そうだねえ。そういうことになるかねえ」

おばあちゃんは、

「やっぱりいけなかったかねえ。わたしみたいなのが学校に行きたいなんて」

さびしそうな顔でつぶやいた。

「いけないなんてこと、ありません！　行けばいいのよ、おばあちゃん」

お母さんが、あわてて言った。

「お父さんは、夜出歩くことを心配しているだけで、学校そのものに反対しているんじゃないんですよ。ね、お父さん」

お母さんに念押《ねんお》しされて、お父さんは、

「まあ、そういうことだ」

とぼそっと答えた。

「だから、気をつけて通ってくれるならいいんですよ」

「そうかい。じゃあ、気をつけて通うよ。子どもじゃないんだから、心配いらないよ」

おばあちゃんは、

「よろしくお願いします」

うれしそうに頭を下げた。どうやら、おばあちゃんの夜間中学行きは決定のようだ。

七十六歳《さい》の中学生。テレビドラマでだって、そんなの見たことがない。

ということは、わたしとおばあちゃんは四月から同じ中学一年生ということになる。学校は違《ちが》うから、同じクラスになることはないけれど。

待てよ。中学生ということは……。

「おばあちゃん、セーラー服着るの？」

「え？」

「だって、中学生なんでしょ」

おばあちゃんは、ぷっと吹《ふ》き出した。

「着ないよ。夜間中学には制服はないんだよ」

「なあんだ」

ほっとしたような、残念《ざんねん》なような。

「アホか、おばあちゃんがセーラー服なんて着ていくはずないだろうが」

お父さんはあきれている。

おばあちゃんは、

「話せてよかったよ。いつ言おうか、いつ言おうかと悩《なや》んでいたんだよ」

すっきりした顔で、自分の部屋にもどっていった。

対照的に、お父さんは浮《う》かない顔だ。いつもなら、食後はすぐにお風呂に入るのに、ソファに座ったまま立ち上がろうとしない。

「どうしたの？　おばあちゃんが学校に行くの、反対なの？」

お母さんが声をかけた。

「べつに反対じゃないよ」

と、お父さんは言った。

「びっくりしたんだ。四十年以上いっしょにいたのに、母さんが漢字の読み書きができないなんて気づかなかったから」

「ショック？」

お母さんは、からかうようにたずねた。

「ショックっていうか……」

お父さんは、宙《ちゅう》を見ながらなにかを考えている。

「そういえば、学校に出す書類は必ず父さんが書いてたな。通知表とかプリントは、まず父さんに見せなきゃダメって言われて。母さんは、父さんに『どうだった？』とか聞いてたなあ」

「わたしは、ちょっと気づいてたわよ」

お母さんは、言った。

「そうなのか？」

お父さんは、目を丸くした。お母さんはうなずいた。

「いっしょにいれば、わかるわよ。なんとなく」

生まれてからずっといっしょにいたのに、全く気づいていなかったお父さんは、複雑《ふくざつ》な顔をした。

「いいじゃない。七十過《す》ぎても勉強したいって。かっこいいじゃない」

お母さんは、お父さんの肩《かた》をたたいた。

「だから、反対なんてしてないって言っただろ。驚《おどろ》いただけだ」

お父さんは、ムキになっているように見えた。

「でも、おばあちゃんは恥《は》ずかしいと思うかもしれないから、あんまりよその人には言わないほうがいいな」

「しゃべっちゃいけないの？　なんで？」

お父さんは、ジロリとわたしを見た。

「中学を出ていないとか、字が読めないとか、おばあちゃんは、恥ずかしいかもしれないじゃないか。だから、ぺらぺらしゃべらない。特に、お母さん！」

「はい、はい」

お母さんは、軽く返事をした。

「優菜《ゆうな》も」

「はい、はい」

わたしは、お母さんを真似《まね》て返事をした。


次の日から、おばあちゃんはすごくうきうきしていた。

お母さんは、

「じゃあ、女子中学生らしく、若返っちゃいましょう」

と、おばあちゃんの襟足《えりあし》をきれいに刈《か》り上げた。十歳《さい》くらい若返った感じがする。

わたしが、制服を取りに行くと言うと、

「わたしも、ちょっと服を見に行く」

と、おばあちゃんはついて来た。学校指定の洋品店だから、たいした服は置いてないと言ったのだけれど、

「おしゃれじゃなくて学校にふさわしい格好《かっこう》がしたいんだよ」

と聞かなかった。

結局、白いブラウスと紺色《こんいろ》のスカートを買った。入学式に着るのだそうだ。

入学式は、わたしと同じ日だった。お母さんは、どうせ休みを取ったから、午前中はわたしの入学式に出て、夜はおばあちゃんの入学式に行くと言った。

おばあちゃんが、

「ひとりで行けるから、来なくていいよ」

と断ったので、結局行かないことになったのだけれど、おばあちゃんは、ちょっとうれしそうだった。

「りえさんは、本当に優《やさ》しいね」

と、あとからわたしに話していた。

昼間はわたしとふたりきりということもあって、おばあちゃんは、あれこれ相談《そうだん》してくる。

「カバンは、紙袋《かみぶくろ》じゃおかしいよね」とか、「上ばきはどこで買えばいいんだろう」とか。

「定期券って、学生さんの定期が買えるのかねえ」

と聞かれたときは困《こま》った。わたしも、一回も定期なんて買ったことはない。

「駅で聞いてみたら」

と言ったら、

「ゆうな、ついて来てくれないかねえ」

まるで同級生のように頼《たの》まれた。

中学に行くことになってから、わたしとおばあちゃんの立場が逆転《ぎゃくてん》している。今までは、わたしがおばあちゃんに「ねえ、どうしたらいい？」って相談《そうだん》するほうだったのに。それでも頼《たよ》りにされるのはいい気分なので、駅までつきあうことにした。

駅の窓口《まどぐち》でおばあちゃんが、

「定期券を買いたいんですけど」

声をかけたら、駅員さんは、迷うことなく、

「お孫さんのですね」

と言った。

「あ、そうじゃなくて」

わたしが説明しようとしたら、おばあちゃんは自分で、

「いえいえ。あたしのです」

と答えた。

「え？　おばあさんのですか？」

「ええ。中学校に通うんです」

若い駅員さんは、あっけにとられている。奥《おく》からおじさんの駅員さんが出て来て、

「青葉までですね？」

と聞いてくれた。

「はい」

おばあちゃんは、ほっとした顔でうなずいた。この駅員さんは、わかっているんだ。

駅員さんは、「通学定期は買えるけど、学校で書類をもらってこないといけない」ことをていねいに教えてくれた。

「ありがとうございます」

おばあちゃんは、深々と頭を下げた。

「じゃあ、学校で書類をもらってから、また来ます」

そう言って帰ろうとすると、

「がんばってくださいね」

と声をかけてくれた。おばあちゃんは、笑顔《えがお》で頭を下げた。

駅員さんが応援《おうえん》してくれた。ただ、それだけのことなのだけれど、わたしまで温かい気持ちになった。「ありがとうございます」と言いたくなった。


おばあちゃんとわたしの中学生活は、同時にスタートした。

わたしが教科書をもらって来た日、おばあちゃんも教科書をもらって来た。学校から帰って、おばあちゃんは、わざわざわたしの部屋に英語の教科書を持って来た。

「ほら、英語も習うんだって」

並べてみたら、わたしの英語の教科書と同じだった。ニューホライズンイングリッシュコースブックI。

「へえ。同じなんだ」

おばあちゃんが英語を勉強することになるなんて、予想外だった。

「ちゃんとA、B、Cからやってくれるんだって」

「なら、初めてでも平気だね」

おばあちゃんは、

「すごいよねえ。外国語まで教えてもらえるなんて」

声が弾《はず》んでいる。おばあちゃんは、教科書の表紙を何度も何度も手でなでた。

「おばあちゃん、うれしそうだね」

と言ったら、

「うれしいし、楽しいよ。ゆうなはどう?」

逆《ぎゃく》に聞かれた。

即座《そくざ》に返事ができなかった。

べつに楽しくないわけじゃないけれど、毎日、緊張《きんちょう》している。

うちの中学校は、ふたつの小学校から生徒《せいと》が上がってくる。わたしの出身の桜台小学校のほうが断然《だんぜん》多いので、見知った顔ばかりのはずなのに、なぜか知らない場所に来てしまったみたいな気分になっている。「自分の場所」じゃない気がして、居心地《いごこち》が悪い。

もしかしたら、制服のせいかもしれないと思う。

セーラー服の紺《こん》と学生服の黒でうめつくされた教室は重苦しい。

小学校のときは私服だったから、四月の教室は花が咲いたみたいに明るかった。髪《かみ》の毛にアクセサリーをつけて行くのも自由だったので、シュシュや色ゴムを競《きそ》ってつけて行っていた。カラフルだった小学校の教室に比《くら》べ、中学の教室の暗さときたら驚異的《きょういてき》だ。

髪《かみ》の毛をボブヘアにしたのはいいけれど、入学式のときにまわりを見たら、同じ髪型の子がいっぱいいいてぎょっとした。同じ髪型、同じ服。後ろから見たらだれだかわからない。

唯一《ゆいいつ》の救いは、親友の朋美《ともみ》が同じクラスになったことだ。みのりと里沙《りさ》とは別れてしまったけれど。これで、ひとりぼっちになることはない。

それから、後ろの席の蕾《つぼみ》とも仲良くなった。蕾は、大きな目が印象的《いんしょうてき》な美少女だ。でも、全くきどったところはない。

ほかの子たちのことは、まだほとんどわからない。急に近づくと失敗《しっぱい》しそうでこわいので、様子見状態《じょうたい》だ。

そういう「友だち関係の苦労《くろう》」は、夜間中学にもあるのだろうか。

「おばあちゃん、クラスに友だちできたの？」

たずねてみると、

「友だち……。そうだねえ、友だちという感じじゃあないねえ。年も違《ちが》うしねえ」

「みんな、おばあちゃんと同じくらいじゃないの？」

「そんなことないよ」

おばあちゃんは、首を振《ふ》った。

「若い子もいるよ。おじいちゃんもいるけど」

若い子って、何歳《さい》くらいなんだろう。七十六歳のおばあちゃんから見たら、世の中のほとんどの人が若い。「若い」の範囲《はんい》が広すぎだ。

だいたい、ひとクラス何人なのだろう。そのことを聞いてみたら、

「四人だよ」

信じられない答えが返ってきた。

「四人？」

思わず聞き直した。そんなに少ないの？

たった四人じゃ、グループもなにもあったもんじゃない。

でも、おばあちゃんくらいの年になったら友だちなんていらないのかもしれない。そしたら、それはそれで気楽でいいなと思う。

うちの担任《たんにん》のシュウちゃん先生は、若い男の先生だ。すっとした鼻筋《はなすじ》、切れ長の目が、カブキの女形のようだということで、上級生たちは「カブキ」と呼《よ》んでいるらしい。教科で先生が変わるので、担任といっても小学校のときのようにいつも顔を合わせているわけではな

い。しかも、シュウちゃん先生は、男子の保健体育の先生なので、学活や道徳《どうとく》、朝と帰りのホームルームでしか会わない。今まで担任《たんにん》の先生べったりな生活をしてきたので、なんだか心細い気もする。

クラスの中には、あの「上村くん」もいた。いたといっても、まだ顔は合わせていない。上村くんは、中学の入学式も来なかった。上村くんが、なぜ学校に来なくなったのか、だれも知らなかった。いじめられていたわけではないと思う。担任だった由美子先生も、はっきり言わなかった。

上村くんの机《つくえ》は、端《はし》の列のいちばん後ろだった。名簿順《めいぼじゅん》で並べられていたので、意図的にそこにしたわけではないのだろうけれど、みんなの視界《しかい》からは外れがちだった。

初めは、プリントが配られるたび、上村くん用の紙は、だれかが机の中に入れていた。でも、配布物の多い学期初めということもあり、机の中はあっという間にプリントであふれてしまった。それ以来、先生たちは上村くん用には配るのをやめた。そうなると、そこに上村くんの席があることを、みんな意識しないようになってしまった。

上村くんの顔を知らない子も少なくなかったし、だれかがふざけて「伝説の生き物、上村」と言っても、注意するような子もいなかった。

桜台中学校では、一年生は四月中、あちこちの部活動を見せてもらうだけで活動はしない。五月になると仮入部をするけど、それでも毎日参加するわけではない。

わたしと朋美《ともみ》は、「吹奏楽部《すいそうがくぶ》」に仮入部しようと決めていた。蕾《つぼみ》も誘《さそ》ったけれど、「楽譜《がくふ》が読めないし、音楽ってあんまり好きじゃない」と断られた。

蕾は、原先輩《せんぱい》というかっこいい男の子のいるテニス部をねらっているらしい。本格的《ほんかくてき》に部活動が始まるのは六月からなので、今は授業が終わるとすぐに帰って来ることが多い。

四時過《す》ぎに家に帰って来ると、おばあちゃんはきまって台所のテーブルで勉強している。のぞいてみると、漢字ノートに「花」とか「草」とか小学一年生が習うような漢字を書いている。初めはびっくりした。漢字の読み書きができないとは聞いていたけれど、ここまでだとは思わなかった。それに、よく見ると、毎日似《に》たような漢字ばかり書いているのだ。

「昨日《きのう》覚えたと思っても、今日になると忘《わす》れてるから、何回も何回も書いているんだよ」

とおばあちゃんは言う。

内心、「こんなの書いてて、楽しいのかな」と思っている。おばあちゃんには言わないけれど。

おばあちゃんが夜間中学に行くと言ったとき、お母さんは「いいことだ」と言って、わたしもうなずいた。でも、本当は、なんでこんなに年をとってから勉強したいと思うのか不思議だった。今もそう思っている。なんのために行くんだろう。中学を出たって、この先高校や大学に行くわけでもないのに。字が読めないのは不便だけれど、今まで何十年もそうやって過《す》ごしてきたのだから、今さら習わなくてもいいのじゃないか。

わたしだったら、学校に行きたいなんて絶対《ぜったい》に考えないと思う。夕方に出て行って勉強して、夜遅《おそ》く帰って来るなんて、まっぴらだ。夜は、テレビを見たり、家でごろごろしてたりするほうが断然《だんぜん》いい。

それに、わたしは、どうしても納得《なっとく》できないでいるのだ。おばあちゃんが、小学校すらまともに行っていないという事実について。

お母さんは、「戦後《せんご》の混乱」と言ったけど、戦争《せんそう》が終わったときはまだ五歳《さい》だったはずだ。小学校に行く年齢《ねんれい》じゃない。じゃあ、戦後の混乱なんて関係ないのではないか。もしかしたら、一年生のときはまだ大変だったかもしれないけれど、さすがに高学年になるころには、おさまっていたのではないだろうか。中学なら、絶対影響《えいきょう》なんてなかった気がする。

それなのに行かなかったおばあちゃんは、本当はなまけていたのではないだろうか。

わたしは、思いきって聞いてみた。

「ねえ、どうして子どものころ学校に行かなかったの？　戦後がどうのこうのっていっても、おばあちゃんが小学校に上がる一年以上前に戦争は終わってたんでしょ。行こうと思えば、行けたんじゃないの？」

たぶん、ちょっと意地悪な気持ちになっていたんだと思う。おばあちゃんが、あんまり楽しそうで、一生懸命《いっしょうけんめい》勉強してる真面目《まじめ》ちゃんだから。本当は昔、さぼってたんじゃないのって、言ってやりたいような気持ちだったのだ。

おばあちゃんは、少し困《こま》った顔をした。

「そうだねえ。行こうと思えば、行けたのかもしれないねえ」

やっぱり、と思った。本当は行けたんだ。

「でも、学校なんて、自分には縁のないものって思ってたんだよ」

「それですんじゃったの？　家の人や先生にしかられたりしなかった？」

「しかられないよ」

おばあちゃんは、悪びれる様子もなく答えた。

ずいぶんのんきな時代だ。今だったら、「不登校だ」とか「親はなにしてるんだ」とか世間が放っておかないだろう。

「そんな子はあたしだけじゃなかったし。家が貧しくて、働いてる子どもだっていた。子どもも働き手だったんだ。働かなきゃ食べていけない時代だったんだよ」

「子どもなのに？」

そんなのおかしい。芸能界の子役ならまだしも、子どもを雇《やと》うところなんてあるはずがない。そんな嘘《うそ》をつかないで、学校に行きたくなかったのなら、「行きたくなかったのだ」と正直に認《みと》めればいいのに。

だけど、そのあとに続いたおばあちゃんの話に、わたしは自分がいかに甘《あま》いかを思い知らされた。

「戦争《せんそう》が終わったからっていって、一年や二年で元どおりになるなんてことはなかったんだよ。死んじゃった人は帰って来ないしね。父親は戦争に行って、そのまま帰って来なかったんだ。ゆうなは知らないと思うけど、あたしにはふたつ下の弟がいてね。母親がひとりで、あたしたちと体の悪いおばあさんをみてくれてたんだよ。母親が働きに行っている間、洗濯《せんたく》したり、ごはんを炊《た》いたり、弟のお守りをしたり、おばあさんの世話をしたりするのは、あたしの役目だったんだ」

「おばあちゃんの役目って……。まだ五歳《さい》だったんでしょ」

五歳といえば、まだ幼稚園児《ようちえんじ》だ。少し前までおむつをしていたような年だ。そんな子が家事をしてた？

おばあちゃんは、昔のことを思い出すように目を細めた。

「ごはんひとつ炊くのも、今とは比《くら》べものにならないくらい手間がかかったんだよ。うちは貧しくてガスなんてなかったからさ、木で炊くんだよ。かまどでね。ごはんを炊いて、お汁《しる》を作って」

「そんな小さい子が、火なんて使って危険じゃないの？」

火は危ないと、さんざん言い聞かされて育ってきた。わたしだけじゃなくて、同級生の子たちもみんなそうだ。初めてマッチで火をつけたのは、五年生の理科だ。マッチをするたびにドキドキした。家庭科でガスを使うときは、さらに大事だった。それを五歳で？

「今から思えば危ないよねえ」

おばあちゃんは、笑《わら》った。

「洗濯でもなんでも、機械なんてないからさ、みんな手洗いで。冬はつらかったよ。弟はぐずぐず泣いてばっかりだし。ちょっとでも時間があるときは、くず拾《ひろ》いをしたんだ。釘《くぎ》とかネジとかを拾《ひろ》って『くず屋さん』に持って行くと、お金をくれるんだ。農家に手伝いにも行った。農家には、わたしと同じように学校に行かないで働いている子が何人もいたよ」

「おばあちゃん以外にもってこと？」

「ああ、戦争《せんそう》が終わった直後は、親のいない行くあてもない子は、のきなみ農家に連れて行かれることもあったんだよ」

「でも……、そんなのいいの？　法律《ほうりつ》とか」

くわしいことはわからないが、許《ゆる》される話ではない気がする。けれど、おばあちゃんはあっさり言った。

「死ぬよりはましだよ」

死ぬか、働くか。子どもがそんな選択《せんたく》を迫《せま》られる時代だったのだ。

「あたしはね、家族もいたし、住む家だってあった。だから、それだけで幸せと思わなきゃいけなかったんだ」

おばあちゃんは、かみしめるように言った。

「小学校には、何回か行ったんだよ。弟を連れてね。でも、たまにしか行かないから、席がないんだよ。それで、先生が来るまでずっと立って待っていなきゃいけなくてさ。それがいちばんイヤだったね。底なしの貧乏《びんぼう》だったから身なりも汚《きたな》いし、お弁当も持って行けないし。バカにされるのもイヤだったんだよ。でも、今考えれば、ゆうなの言うとおり、行こうと思えば行けたのかもしれない」

小さな弟の手を引いて学校に行く女の子。想像《そうぞう》してみようとしたけれど、今ひとつ明確《めいかく》には思い描《えが》けなかった。でも、もし、それが自分だったら耐《た》えられないなと思った。

「結局小学校はほとんど行かなかったけど、先生は、なんにも言わなかったよ。言ってもどうしようもないって思ってたんだろうね」

「……おばあちゃんのお母さんは？」

自分の子どもが学校に行けないでいるのに、なにも言わなかったんだろうか。

「なにも言わなかったよ」

おばあちゃんは、優《やさ》しい顔で言った。

「なにも言えなかったんだよ、きっと」

おばあちゃんの目は、遠くのほうを見つめていた。まるでそこに、自分のお母さんの姿《すがた》が見えるみたいに。

「あたしはね、学校に行くより、弟の世話をしたり、ごはんを作ったりしてるほうがよかったんだよ。合間を見て働くこともつらくなかった。自分が家族を支《ささ》えていると思うと、うれしいくらいだった。ずっと、そう思ってた。でもね、あるとき、ごはんを炊《た》きながら、炎《ほのお》を見てたんだ。めらめら薪《まき》が燃える様子をさ。そしたら、急に涙《なみだ》がぽろぽろ落ちてきてさ。気がついたらおいおい泣いてた。あのとき、なんで泣いたのか自分でもわからなかったけど、もしかしたら、胸《むね》の奥《おく》のほうではつらかったのかもしれないねえ」

かまどの前で、ひとり泣いている小さな女の子の姿《すがた》を思うと、胸が痛《いた》んだ。小さいころのおばあちゃんに会いに行ってだきしめてあげたいと思った。がんばってるね。偉《えら》いねって。

おばあちゃんは、学校に行かないまま大人になった。読み書きができなくても、仕事はなんとかなったらしい。

「けどさ、読み書きできないっていうのはやっぱり不便でね。いちばん困《こま》ったのは、お通夜だよ」

「お通夜？」

「ゆうなは、まだ行ったことないだろうけど、お通夜とかお葬式《そうしき》ってのは、行くと、住所と名前を書かないといけないんだよ。ひらがななら書けるけど、まさか、全部ひらがなで書くわけにいかないじゃないか。それで帰ってきたこともある」

わたしは、黙《だま》っておばあちゃんの話に聞きいっていた。

「そんなとき、字を覚えたいなと思ったよ。おじいちゃんが元気なころは、いつも助けてくれたけどね。でもね、おばあちゃん、けんじの名前もゆうなの名前もちゃんと書けないんだよ。なさけないよねえ。自分の子どもや孫の名前を書けないなんて」

「いいよ。わたしの名前なんて書けなくても」

わたしは、軽い気持ちで言ったのだけれど、おばあちゃんは、たちまちさびしそうな顔になった。

「そうかもしれない。けどね、自分は、人がやらなきゃいけないことをやってきてないって気がしてさ。大きな忘《わす》れ物をしてるみたいなさ」

「学校に行けなかったのは、おばあちゃんのせいじゃないのに」

「そうかもしれないけどね」

おばあちゃんは、自分の手に視線《しせん》を移した。大人にしては小さな、皺《しわ》々の手。その手をにぎったり開いたりしながら、なにかを考えている。しばらくそうしてから、おばあちゃんは口を開いた。

「青葉中学の夜間学級は、おじいちゃんの病院に行くときのバスで見かけたんだよ。看板《かんばん》が出てたんだ」

校門の横に看板《かんばん》があって、「働きながら勉強できる」とか「いつでも相談《そうだん》に来てください」とか書いてあるらしい。ちゃんとふりがながながふってあるので読めたのだそうだ。

「初めて見たときは、あんまりよく意味がわからなかったんだ。でも、病院にチラシが置いてあってね。『何歳《さい》からでも、いつからでも入れます。だれでも入れます』ってね。おじいちゃんに見せたら、『これはおまえみたいな人間のための学校だ。行けばいい』って。でもね、おじいちゃんの看病《かんびょう》もあるしね。そんなわけにはいかないって話してたんだよ。だけど、どうしても気になって。おじいちゃんの病院に通ってた三年間、ずうっと考えてたんだ。どうしよう、どうしようって」

三年間も！

「迷いすぎだよ、おばあちゃん」

「けど、迷ったんだよ。こんなおばあさんが中学校に行きたいなんて言ったら笑《わら》われるんじゃないかってね」

頭に、チラッとお父さんの顔が浮《う》かんだ。

「電話で聞いてみたんだよ。今年七十六になるんですけど、入れますかって」

「そしたら？」

「明日からでも来てくださいって。いつでもお待ちしていますって」

よかった、と胸《むね》をなでおろした。そこで冷たい言い方をされていたら、おばあちゃんは、やめていたかもしれない。優《やさ》しい人が出てくれてよかった。

いつのまにか、わたしは、心からおばあちゃんが夜間中学に通うことを応援《おうえん》したいという気持ちになっていた。

でも、おばあちゃんの中学生活は、それからひと月もたたないうちに、最大のピンチを迎《むか》えることになった。

二　思わぬアクシデント

今年の五月はやたらに暑く、ゴールデンウィークには、全国で夏日を記録していた。暑さはその後も続き、夜に入っても空気は生ぬるかった。

「そろそろ、おばあちゃん、帰って来るかな」

お母さんが時計を見た。

夜間中学では給食が出るので、おばあちゃんはむこうで夕食をすませてくる。今まではずっといっしょにごはんを食べてきたので、おばあちゃんのいない食卓《しょくたく》は、少しさびしい。お母さんは、おばあちゃんの好きなおかずがあると必ず残しておく。「おばあちゃんが、明日のお昼のおかずにするから」って。

十時十五分。

電車が桜台に着くのが十時一分。わたしの足だったら十分には家に着くけれど、おばあちゃんだともう少しかかる。

お父さんは、まだ帰って来ていなかった。

電話がかかってきたのは、二十分ごろだった。電話を受けたのは、わたしだった。

「桜台駅の駅員の今村と申《もう》します。実は、そちらのおばあちゃんが階段《かいだん》から落ちて、今こちらで休んでいます。おひとりでは歩けない状態《じょうたい》なので迎《むか》えに来ていただけますか」

おばあちゃんが階段から落ちた！　心臓《しんぞう》が跳《は》ね上がった。

「お母さん！　おばあちゃん、駅の階段から落ちたんだって！」

「ええっ！」

お母さんの顔から血の気が引いて、さあっと白くなるのがわかった。

頭から血を流している姿《すがた》や倒《たお》れている姿。次々と最悪な状況《じょうきょう》が頭に浮《う》かぶ。

お母さんは大あわてで車を出した。わたしも助手席に乗りこんだ。駅までのほんの数分が、もどかしい。信号で止まるたび、「早く、早く」と気が急いた。

おばあちゃんは待合室のベンチに足を伸ばして座っていた。わたしたちを見ると、

「悪いねえ。来てもらって」

と手を合わせた。

「よかったぁ」

わたしは、へなへなとしゃがみこんだ。想像《そうぞう》していたよりもうんと平気そうだった。お母さんも泣きそうな顔になっていた。おばあちゃんは、

「驚《おどろ》かせてごめんね」

と力なく笑《わら》った。

電話をしてくれた今村さんは、前に会った若いほうの駅員さんだった。

「救急車を呼《よ》ぼうかとも思ったんですが、そこまでしなくていいとおっしゃるので、しばらくここで休んでいてもらったんです」

「落ちたっていっても、三段《だん》くらいのものだったんだよ」

おばあちゃんはたいしたことないと口では言ったけれど、顔は青ざめていた。お母さんはしゃがみこんで、おばあちゃんの体をあちこち見た。背中《せなか》とか頭とか、そういうところに目立った傷《きず》はなかった。でも、右足をさわると「痛《いた》たた」と顔をゆがめた。

「骨折《こっせつ》かなあ」

わたしとお母さんは、顔を見合わせた。

今村さんは親切に、おばあちゃんを抱《だ》き上げて車まで運んでくれた。お母さんは、そのま

ま近くの救急病院に直行した。

すぐにレントゲンを撮《と》ってもらった。幸い、骨《ほね》には異常《いじょう》はなかった。

「このお年で、階段《かいだん》から落ちてどこも骨折していないのは奇跡《きせき》です」と、お医者さんは言った。おばあちゃんは、「ほら、大丈夫《だいじょうぶ》だって言っただろう」と、ほっとした様子だった。

でも、全く無傷だったわけではなく、右足はひどく腫《は》れ上がっていた。捻挫《ねんざ》だそうだ。杖《つえ》をつけばなんとか歩けるが、見るからに痛々しい。

家に帰ると、お父さんが玄関《げんかん》で待ち構えていた。病院で治療《ちりょう》してもらっている間に、お母さんが電話をしたのだ。

「ひどいことにならなくてよかった」

お父さんの声は、少し震《ふる》えていた。本当に心配していたのだとわかった。おばあちゃんもそれを感じて、

「心配かけてごめんね」

と謝《あやま》った。目にはうっすら涙《なみだ》がにじんでいた。

お父さんは、抱きかかえるようにしておばあちゃんをリビングのソファに座らせた。

「寿命《じゅみょう》が縮まったよ」

そこまでだったら、親思いの優《やさ》しい息子で終わることができた。でもそうはいかなかった。

お父さんは、さらにひとこと加えたのだ。

「だから言ったんだ。夜出歩くのは危ないって。もうこれで、夜間中学は、やめだな」

おばあちゃんだけでなく、わたしもお母さんも凍《こお》りついた。

今、なんて言った？　やめって言った？

「なんで？」

気がついたら、おばあちゃんより先に、わたしが口を開いていた。

「当たり前だろう。こんな危ない目にあったんだから」

お父さんは、当然のように言い切った。

「べつに強盗《ごうとう》に襲《おそ》われたとか、中学校でいじめられたとかじゃないんだよ。そんなのおかしいよ」

納得《なっとく》できなかった。なのにお父さんは、さらに理屈《りくつ》に合わないことを並べた。

「もう年なんだから、やたらに出歩かないほうがいいんだ。出歩くからこんなことになるんだ」

おばあちゃんは、こわばった顔で唇《くちびる》をかみしめている。今度はお母さんが言い返した。

「いいじゃない。たいしたことなかったんだから」

でも、その言葉が、さらにお父さんの怒《いか》りを買ってしまった。お父さんは、いつにない強い口調でまくしたてた。

「たいしたことないってどういうことだ。たまたま捻挫《ねんざ》ですんだけど、ひとつまちがえれば大怪我《おおけが》だったんだぞ。年寄《としよ》りっていうのは、一回寝《ね》こむとそのまま寝たきりになることもあるんだ。小さな怪我で、一生動けなくなることだってあるんだぞ」

お父さんの言うことも、わからないわけじゃない。おばあちゃんを心配していることも理解できる。だけど、夜間中学のせいで怪我をしたわけじゃない。わたしの目には、お父さんが、怪我に乗じて学校をやめさせようとしているようにしか映らなかった。

「お父さん、もともと夜間中学に行くのが気に入らなかったから、これをきっかけにやめさせようとしてるんじゃないの？　前に、お父さん、夜間中学に行くこと、おばあちゃんは恥《は》ずかしいかもって言ったけど、ホントはお父さんが恥ずかしいんでしょ」

お父さんの顔がカッと赤くなった。

「なんだ、その言い方は！」

ぶたれるかと思った。でも、にらまれただけだった。

「そんなこと言ってないだろう。年寄《としよ》りがやたらに出歩くと危ないって言ってるんだ」

「やたらにじゃないよ。学校に行って帰って来るだけだよ」

お父さんはなにもわかってない。おばあちゃんが学校に行けなかった理由も、かまどの前で泣いたことも。

「お父さん、知らないでしょ。おばあちゃんが何年も前から学校に行きたかったたってこと。今行けるようになって、すごく喜《よろこ》んで、がんばって勉強しているんだよ。学校に行く前に自主勉だってしてるんだから」

わたしが必死にしゃべっても、お父さんの表情《ひょうじょう》は変わらない。しまいには、

「もう年なんだから、がんばる必要《ひつよう》なんてないんだ」

とまで言いだした。

「もう年だと、がんばらなくていいの？　がんばっちゃダメなの？　お父さん、わたしには、いつもがんばれって言うのに、おばあちゃんにはがんばるなって言うの？」

たぶん、いちばん頭に血が上っていたのはわたしだと思う。カッカしているのが自分でわかった。

「ゆうなもけんじも、もうやめて」

おばあちゃんの声に、わたしとお父さんは口を閉《と》じた。

おばあちゃんは、お父さんの顔を見て言った。

「心配かけて悪いと思ってる。あんたが、心配してくれる気持ちはありがたいし、迷惑《めいわく》かけてるってこともよくわかってるけど、夜間中学はやめない。学校は、今のあたしの生きがいなんだよ」

「生きがい」とまで言われると、さすがのお父さんも返す言葉がないようだった。

「でも、しばらくは休まなきゃね」

ずっと息をつめていたお母さんは、ふうっと大きく息を吐《は》いた。でも、おばあちゃんは、首を振《ふ》った。

「大丈夫《だいじょうぶ》だよ。杖《つえ》さえあれば歩けるから」

休む気はないようだ。

「でも、杖をついてカバンを持ったら、両手がふさがっちゃうじゃない。手すりも持てないし、とっさのときに手が出ないでしょ」

お母さんの言うことはもっともだった。ふだんからおばあちゃんは、ちょっとした段差《だんさ》でも必ず手すりを持ったり壁《かべ》に手をついたりしている。両手がふさがったら危ない。

「せめて杖《つえ》なしで歩けるくらいまでは、お休みしたほうがいいわよね」

「気をつけていけば、心配ないよ」

おばあちゃんは、断固《だんこ》として引かない。おばあちゃんが、こんなに頑《かたく》なに言い張るのは初めてだ。お母さんは、おばあちゃんを説得するのは無理だと判断《はんだん》したらしい。

「夕方一度もどって来て、おばあちゃんを送ってから、またお店にもどって」

頭の中でスケジュール調整をし始めた。

わたしは、お父さんをチラッと見た。お父さんは、不満《ふまん》そうに唇《くちびる》を結んでいる。今にも「もうやめろって言ってるんだ」と言いだしそうだ。だから、お父さんが口を開こうとした瞬間《しゅんかん》、

「わたしが送る」

自分でも、思いがけない言葉が飛び出した。

お父さん、お母さん、おばあちゃんの視線《しせん》がいっせいにわたしに集まった。それで、自分が今、とんでもないことを言ってしまったのに気づいた。

「そんなこと、できるはずないだろうが」

お父さんが、ため息まじりに言った。カチンとくる言い方だった。

「できるかできないか、やってみなきゃわからないじゃない」

売り言葉に買い言葉というやつだった。でも、お父さんは、そんな言葉には動じなかった。

「おばあちゃんが学校に行く時間までに帰って来られないだろうが。それに、仮に間に合ったとしても、どうするんだ。帰りまで学校で待ってるつもりなのか」

「それは……」

仮入部ではあるけど、吹奏楽部《すいそうがくぶ》の練習も始まっていた。毎日練習に参加はしないけれど、参加する日の下校は五時半ごろだ。練習のない日だったら、間に合うには間に合うが、おばあちゃんを学校まで送って、家に帰って、もう一度行ってなんていう面倒《めんどう》くさいことを続けられるだろうか。

わたしが黙《だま》っていると、お父さんは、「そら見たことか」という顔をした。

「おばあちゃんがいくら行くと言っても、杖をついてひとりで行くのは無理だ。どうしても行くと言い張れば、理恵《りえ》や優菜《ゆうな》に迷惑《めいわく》をかけることになる。年寄《としよ》りの道楽と自覚しているんなら、わがままを言うべきじゃないだろう」

いかにも自分は正しいと言わんばかりの、さとすような口調だった。

「そうだねえ」

おばあちゃんは、うつむいた。

「みんなに迷惑《めいわく》かけちゃいけないもんねえ」

泣くのを堪《こら》えている声だった。それを聞いたとたん、たまらなくなった。

いいの？　優菜《ゆうな》、このままおばあちゃんに我慢《がまん》させて、本当にいいの？

あのとき、おばあちゃんの応援《おうえん》をしたいってあんなに思ったのに。忘《わす》れたの？

その声がわたしを奮《ふる》い立たせた。

「やっぱり、わたしが送る」

一気に言った。

「一年生は、まだ部活も仮入部だから休んでもかまわないの。それに、そんなに長いことじゃないでしょ。杖《つえ》がいらなくなるまでの間なら、平気だよ」

おばあちゃんは、驚《おどろ》いた顔でわたしを見ている。

「でも、ゆうな」

わたしは、「平気だから」とおばあちゃんの言葉をさえぎった。

「おばあちゃんを教室まで送って、また帰りにお迎《むか》えに行けばいいんでしょ？　たいしたことないよ」

話しているうちに、どんどん気持ちが固まってきた。そうだよ。それくらいのことできるに決まってる。

「本当に頼《たの》んでしまっていいの？」

お母さんが心配そうにたずねた。

「うん」

わたしは、おばあちゃんの手をぎゅっとにぎった。

「保育園のころは、おばあちゃんがいつもお迎えに来てくれたから、今度はわたしが送り迎えしてあげる」

「……ありがとうね」

おばあちゃんの目は、ちょっとうるんでいるように見えた。

「明日から、送って行くからね。まかせて！」

わたしは、自分自身に言い聞かせるように宣言《せんげん》した。

こうして、青葉中学の夜間学級に通う毎日が始まった。

三　夜間中学校へ

次の日、わたしは駆《か》け足で学校から帰って来た。

「おばあちゃん、お待ちどおさま。待っててね、すぐ着替《きが》えちゃうから」

吹奏楽部《すいそうがくぶ》の先生には、「怪我《けが》をしたおばあちゃんを夜間中学まで送って行くので、しばらくお休みします」と話してきた。顧問《こもん》の中村先生は、若い女の先生。「夜間中学？」と、首を傾《かし》げた。夜間中学という言葉すら知らなかった。先生でも、知らない人がいるんだということに驚《おどろ》いた。

わたしが説明すると、

「夜間高校なら知っているけど、夜間中学なんて初めて聞いたわ」

数ヶ月前のわたしと同じ感想を言った。夜間中学は、やっぱり世の中の人にあまり知られていないんだなと実感した。

おばあちゃんは、今日も台所のテーブルで勉強していたらしい。広げてあったプリントを布袋《ぬのぶくろ》にしまっている。

「これは、わたしが持つね」

おばあちゃんの布袋を肩《かた》にかけた。

おばあちゃんは、右手に杖《つえ》、左手はわたしの腕《うで》を持ってそろそろ歩いた。

初めは、ふたりでどうやって歩いたらいいのかわからず、ぎこちなかったのだけれど、家から駅まで行く間に少しずつ息が合ってきた。

駅に着くと、昨日《きのう》の今村さんがいた。おばあちゃんは、

「昨日はお世話をおかけしました」

ていねいに頭を下げた。今村さんは、おばあちゃんの杖を見て、

「学校に行くんですか？　大丈夫《だいじょうぶ》ですか？」

と心配してくれた。

「ええ。孫がついて来てくれますから」

おばあちゃんは、誇《ほこ》らしげにわたしのほうを振《ふ》り返った。

「そうですか」

今村さんは、わたしを見てにっこりした。

「いいお孫さんですね」

なんて答えていいかわからなかったので、黙《だま》って頭を下げた。

おばあちゃんは、慣れた手つきで定期券を改札の機械に押《お》し当てる。ピッ。わたしもあとに続く。

「いってらっしゃい」

今村さんの声。

「はい。いってきます」

おばあちゃんが、返事をする。

おばあちゃんは、こうやって学校に通っているんだなと思った。

夜間中学のある青葉駅までは、駅三つ。夕方の列車の中は少し混《こ》んでいて、空いている座席はなかった。でも、すぐそばに座っていた女の人が、

「ここにどうぞ」

とおばあちゃんに席をゆずってくれた。

「ありがとうございます」

おばあちゃんがお礼を言うのにあわせて、わたしも頭を下げた。席をゆずってもらったのはおばあちゃんだけど、わたしもうれしかったのだ。人に親切にされるのが、こんなにうれしいなんて初めて知った。

桜台から青葉までは、十五分くらい。

たった十五分なのに、窓《まど》の外の景色《けしき》は見事に変わっていった。桜台駅の周辺は、新しい家の多い住宅地だが、青葉駅に近づくにつれて古い家が多くなった。駅の近くには昔ながらの個人商店が軒《のき》を連ねている。「大安売り」ののぼりや大きな看板《かんばん》が目についた。「下町」という言葉がぴったりあてはまる町だった。

駅の北側は「青葉プロムナード」という看板のかかった古い商店街だった。手づくり豆腐《どうふ》の店や電気屋さん、お弁当屋さんに自転車屋さん。花屋さんや、お総菜屋《そうざいや》さんもある。夕方の商店街は、まるで縁日のようににぎやかだ。

唐揚《からあ》げ屋さんから漂《ただよ》う揚げ物のにおいに、おなかが敏感《びんかん》に反応する。ちらっと唐揚げ屋さんを見ると、お店のおばさんと目が合った。

「お姉ちゃん、一個《こ》どうぞ」

試食用《ししょくよう》の唐揚げをさし出された。思わず手を伸ばそうとして、両手がふさがっているのに気がついた。

「あとで買います」

と言ったけど、もうそのときは、おばさんの目はほかの人に移っていた。

「もうすぐだよ」

おばあちゃんに言われたものの、にぎやかな商店街と学校が結びつかなかった。本当にこんなところにあるの、という感じだった。

商店街のはずれの金物屋の角を左に折《お》れたときだ。

べつの世界に来たような錯覚《さっかく》に陥《おちい》った。すぱんと抜《ぬ》けた通りのむこう、西の空いっぱいに夕焼けが広がっていた。その夕焼けを背景《はいけい》に学校らしい建物が建っていた。

「あれが、青葉中学だよ」

おばあちゃんが言った。

近くまで行くと、真っ先に校門脇《わき》の看板《かんばん》が目に入った。これが、前におばあちゃんが言っていた看板らしい。

「働きながら勉強できる夜間学級。いつでも相談《そうだん》に来てください」

漢字には全部ふりがながが打ってあった。

校庭のむこうに三階《がい》建ての校舎《こうしゃ》が見えた。細長い校舎は、カギカッコのように、右側が短く折れ曲がっていた。正面の階段《かいだん》には、制服姿《すがた》の女の子たちが数人座っていた。昼間の中学の子たちなのだろう。ひとりがなにか言うと、いっせいに弾《はじ》けるように笑《わら》った。何人かがちらっとわたしたちのほうを見た。「よそ者が来た」と言われたわけでもないのに、一気に身が縮まった。あの子たちの横を通って入っていくのはいやだなあと思ったら、おばあちゃんが手を引っ張った。

「あっち側は昼間の中学校で、夜間中学はこっちだよ」

同じ教室を昼と夜とで交代で使っているのだとばかり思っていたが、違《ちが》った。カギカッコの折れ曲がってるほうが「夜間中学用」だった。げた箱《ばこ》も夜間中学用になっていて、ちゃんと名前シールが貼《は》ってあった。「沢田幸《さわださち》」という名前のついたところに、おばあちゃんの上ばきが入れてあった。

げた箱のところで、

「こんばんは」

声をかけられた。振《ふ》り返ると、髪《かみ》を頭の上でお団子《だんご》にした女の人が立っていた。二十代にも、もう少し上にも見えた。女の人は、

「サチさん、どしたの？」

目をまん丸にしておばあちゃんの足を見た。少し言葉がたどたどしい。もしかしたら日本人じゃないのかもしれない。

「階段《かいだん》から落ちて、捻挫《ねんざ》したんだよ」

おばあちゃんが説明すると、

「それ、大変！」

大きな声をあげた。その声でべつの女の人がやって来た。大人の人だった。ふたりは、日本語じゃない言葉でひとしきり話し、

「ニモツ持ちます」

「オンブします」

と申《もう》し出てくれた。

「ありがとう」

おばあちゃんは、お礼を言ってから、

「でも、孫がいるから大丈夫《だいじょうぶ》」

顎《あご》をひょいと動かした。わたしは、ぺこんと頭を下げた。

「孫がね、送ってくれたんですよ」

おばあちゃんの言ったことがわかったのか、ふたりは、にこにこして去《さ》って行った。

ふたりが行ってしまうのを確認《かくにん》して、

「あの人たち、だれ？」

と聞いたら、

「日本語学級の子たち。中国の人だけど、何度聞いても名前を忘《わす》れちゃって」

同じクラスではないようだった。おばあちゃんのことを「サチさん」て言っていた。どうも、おばあちゃんは、ここでは「サチさん」と呼《よ》ばれているようだ。なんだかヘンな感じがした。おばあちゃんが名前で呼ばれるのを、初めて聞いた。

「こんばんは」

また、ひとり横をすり抜《ぬ》けていった。今度は男の人。彫《ほ》りの深い顔つきで、ひと目で外国の人だとわかった。

「ここって外国の人が何人もいるんだね」

と言うと、

「ほとんどみんな外国人だよ」

わかりきったことのように返された。

「話してなかったかい？　日本人は、うちのクラスの四人だけなんだよ」

四人？　日本人の生徒《せいと》、たったの四人？

「生徒はみんなで何人なの？」

おばあちゃんは、ちょっと考えた。

「何人だろう？　五十人くらいかねえ」

五十人。その中で、日本人はたったの四人？

すごいとこに来ちゃったなあと思った。うちの学校にも外国の子はいるけれど、ほんの数人だ。日本人のほうが圧倒的《あっとうてき》に多い。

おばあちゃんのクラスは「B組」。二階《かい》だった。おばあちゃんを支《ささ》えながら、階段《かいだん》を上っていくと、

「幸《さち》さん、怪我《けが》したんですか？」

さっきの人たちから聞いたのだろう。丸メガネの女の人が早足でやってきた。お母さんくらいの年の人だった。この人は日本人なのだろうか。

「ちょっと階段から落ちちゃって。でも右足の捻挫《ねんざ》だけなんですよ。骨《ほね》も折《お》れてないし」

怪我の報告なのに、おばあちゃんはどこか誇《ほこ》らしげだった。病院で、この年で骨が折れなかったのは奇跡《きせき》と言われたせいかもしれない。

「孫のゆうなです」

おばあちゃんがわたしを紹介《しょうかい》すると、女の人は、

「担任《たんにん》の間瀬《ませ》です」

と名乗った。それで、この人がおばあちゃんの担任の先生なのだとわかった。うちの中学の先生と、ずいぶんイメージが違《ちが》う。服装《ふくそう》も、ポロシャツに膝下《ひざした》までのスカート。先生というより、だれかのお母さんのように見える。

「杖《つえ》がいらなくなるまで、孫に送り迎《むか》えをしてもらうことになりまして」

「まあまあまあ、それはそれは。優《やさ》しいお孫さんですね」

すると、おばあちゃんが、

「ええ。自分から送り迎えをすると言ってくれたんです。もう本当に優しいいい子で」

まただ。ここへ来るまで何回自慢《じまん》したかわからない。

「おばあちゃん、やめて」

小さい声で言って、腕《うで》を引っ張った。間瀬先生は、その様子に笑《わら》いながら、わたしに、

「おいくつですか？」

とたずねた。中一だと答えると、

「あら、じゃあ、幸《さち》さんと同じ学年ですね」

丸メガネのむこうの目は、優《やさ》しい半円を描《えが》いてる。

「授業が終わるまで待っていてくださるってことかしら」

「一度もどって、また帰りに迎《むか》えに来ます」

「なるほど」

先生は何度かうなずいたあと、

「もしよかったら、いっしょに給食を食べていくこともできますよ」

と言った。

「今日すぐには無理だけど、明日からならいっしょに食堂で食べられますよ」

夜間中学に給食があることは、もちろん知っている。でも、わたしもここで？

「それがいいよ。そうしなさいよ」

おばあちゃんは、目を輝《かがや》かせた。

「でも……」

給食をここで食べることにすると、帰りまでいなくてはならないことになる。何時間もここで過《す》ごすなんて無理だ。どうやって時間をつぶしたらいいかわからない。

わたしの気持ちを見すかしたように、

「待っている間は教室で宿題をしていてもいいし、図書室で本を読んでいてもかまいません。自由にしていてくれればいいですからね」

間瀬《ませ》先生は、待ち時間の過ごし方を提案《ていあん》してくれた。自由にしていていいと言われて、心が揺《ゆ》らいだ。迷っていると、

「今すぐに決めなくてはいけないということではないです。食べていったほうが楽でいいなと思ったら、いつでも言ってください」

先生は、話を打ち切ってくれた。今すぐ返事をしなくていいことがわかって、ほっとした。

先生は、わたしの手からおばあちゃんの布袋《ぬのぶくろ》を受け取って、

「あとは、おまかせください」

と言ってくれた。

「じゃあね」

子どものように手を振《ふ》って、おばあちゃんは教室に入って行った。ちらっと中を見ると、昼間の教室の半分くらいの大きさの部屋に、机《つくえ》が四つ並んでいた。おばあちゃんの席はいちばん廊下《ろうか》側だった。となりはまだ来ていなくて、もう一個《こ》横の席には髪《かみ》の長い若い女の人が座っていた。わたしと目が合うと、はにかんだように笑《わら》った。おとなしそうな感じの人で、大学生くらいに見えた。

その人の横、窓際《まどぎわ》の席には男の人が座っていた。でも机に顔を突《つ》っ伏《ぶ》していたので、何歳《さい》くらいなのかわからなかった。

帰ろうとしたとき、にぎやかな声をあげながら三、四人の外国人の男の人がやって来た。みんな、二十歳くらいだろうか。

教室の出入り口のところから、中をのぞいて、

「サチさん、けがが、だいじょうぶ?」

「ホネ、おれましたか?」

「いたいですか?」

どうやら、おばあちゃんが怪我《けが》をしたと聞いて、心配して様子を見に来てくれたらしい。

意外だった。おばあちゃんに友だちがいるとは思っていなかった。もしかしたら、おばあち

ゃん、ここでは人気者なのだろうか。

見ていたら、その中のひとりと目が合った。目が合った瞬間《しゅんかん》、人なつっこい笑顔《えがお》が返ってきた。

ドキン。心臓《しんぞう》が、大きく波打《なみう》った。

どこの国の人なのだろう。つやつやとした褐色《かっしょく》の肌《はだ》をしている。目がとてもきれいで、それを縁取《ふちど》るように、長いまつげがくるんと上を向いていた。こんなきれいな男の人、今まで見たことがない。

ぼうっと見とれていたら、彼《かれ》は、もう一度ニコッと笑って、

「かわいい」

と言った。その言葉が自分に向けられたものだとわかったとたん、顔がボッと火がついたみたいに熱くなった。

「お、おばあちゃん、あとでね」

おばあちゃんに声をかけて、階段《かいだん》を駆《か》けおりた。

男の人から「かわいい」なんて言われたのは、生まれて初めてだ。心臓がまだドキドキいっている。

なんだか夜間中学ってすごい。外国の人がいっぱいだし、おまけに大人ばかりだった。中学というイメージじゃない。別世界だ。

青葉駅に着くと、電車は行ったところだった。次の電車まで十分待った。電車に乗ってから、唐揚《からあ》げを買うのを忘《わす》れたことに気づいた。まあ、いいか。

家に着いたのは、もう六時過《す》ぎだった。九時までに学校にもどるには、八時には家を出なければいけない。遠い道のりではないけれど、何度も往復《おうふく》するのはやっぱり面倒《めんどう》だ。間瀬《ませ》先生の言うように給食を頼《たの》んだほうがいいかもしれない。宿題や本を持って行って、授業が終わるまでどこかで待たせてもらったほうが楽な気がしてきた。

八時半過ぎにもう一度青葉駅までもどって、駆《か》け足で夜間中学に向かった。「青葉プロムナード」を抜《ぬ》けて行くと、来るときに見た唐揚げ屋さんが、ちょうど店のシャッターを下ろすところだった。おばさんは、わたしを見て、

「あれ、あんた、さっきもここ通らなかった？　足の悪いおばあちゃんといっしょに」

と、たずねた。

「今度は、お迎《むか》えに」

青葉中のほうを指《ゆび》さすと、おばさんは「ああ」と何度も首を動かした。

「そうなの。偉《えら》いねえ。ちょっと待って」

おばさんは、シャッターを下ろす手を止めて、店の中に入って行った。再び出て来たときは、小さな紙袋《かみぶくろ》を持っていた。

「おばあちゃんと食べな」

それは、温かい唐揚げだった。

「ありがとうございます」

わたしは、頭を下げた。

「優《やさ》しい孫がいて、おばあちゃん、幸せだね」

「そんなこと……ない……です」

なんて答えたらいいのかわからなかった。でも、いやな気分ではなかった。

学校に着いたのは、九時少し前だった。

登校のときはまだ明るかったから、どこまでが昼間の中学でどこからが夜の中学なのかわからなかった。でも、暗くなるとそれは明確《めいかく》だった。闇《やみ》の中に静かに横たわっているのが昼間の教室。黄色い明かりがともされているのが夜の教室。大きく開けられた窓《まど》からは、声が聞こえてきた。

夕方、おばあちゃんと来たときは、すぐに二階《かい》に行ってしまったため気づかなかったけれど、一階にも教室はあった。いちばん手前が「D組」で「E組」「F組」「G組」、いちばん奥《おく》が「H組」だった。

ABC……と指《ゆび》を折《お》ってみる。全部で8クラス。けっこうあるんだなと思った。

げた箱《ばこ》の近くの掲示板《けいじばん》に「夜間中学で学びませんか?」というポスターが貼《は》ってあった。外の看板《かんばん》と同じで、漢字にはふりがながついていた。それだけではなくて、下に英語と中国語と思われる文もついていた。

二階に上がると、おばあちゃんの教室からも話し声が聞こえてきた。まだ、授業中のようだ。邪魔《じゃま》をしないように、廊下《ろうか》をぶらぶらしながら待つことにした。「職員室」や「図書室」があった。職員室の横を通ったら、中から男の先生が出てきた。背広《せびろ》を着て、見るからに偉《えら》い人のようだった。

「沢田幸《さわださち》さんのお孫さん?」

と、聞かれた。うなずくと、

「校長の村田です」

校長先生だった。

「間瀬《ませ》先生から聞きました。おばあちゃん思いのお孫さんだと、みんな感心しているんですよ」

職員室でも話題になっていると知って、照れくさい気持ちでいっぱいになった。校長先生は、「送り迎《むか》えを買って出てくれて、本当にありがとう」

お礼を言ってくれた。校長先生がお礼を言うようなことではないのに……。

おばあちゃんが、初めて電話をしたとき、「いつでもお待ちしています」と言ってくれたのは、もしかしたらこの先生だったのかもしれない。

職員室前の掲示板に、写真が何枚も貼ってあった。去年のだろうか。「春の遠足」「バスケットボール大会」「修学旅行」「卒業式」。昼間の中学校とやっていることは変わらない。写真に写っている生徒《せいと》たちは、みんな、笑顔《えがお》。服装《ふくそう》も年齢《ねんれい》も肌《はだ》の色もみごとにバラバラだけれど、すごく楽しそうに見えた。

写真を見ていたら、B組のとびらが開いて、おばあちゃんが顔を出した。

「もう帰れる？」

と聞いたら、横から間瀬先生の顔がひょっこり現《あらわ》れた。

「今日はもういいですよ」

先生は、おばあちゃんの布袋《ぬのぶくろ》を持って来てくれた。

「ありがとうございます」

布袋を受け取るときに、教室の中が見えた。机《つくえ》が後ろに下げられて、掃除《そうじ》が始まっていた。

「へえ、掃除もするんだね」

思わずつぶやいた。

「でもね、今日はいいって」

と、おばあちゃんは言った。たしかに杖《つえ》をついているおばあちゃんは、掃除の役に立てそうにない。でもたった四人のクラスで、ひとりが免除《めんじょ》されたら、困《こま》らないだろうか。

「わたし、代《か》わりにやろうか？　三人じゃ大変でしょ」

そんなふうに言ってしまったのは、たぶん、今日何度も「偉《えら》いね」とあちこちで言われたせいだ。なんとなく「いい子の気分」にひたっていたのだと思う。

わたしの申し出を耳にしたとたん、おばあちゃんは笑顔《えがお》になって、間瀬《ませ》先生に、

「先生、ゆうなが、わたしの代わりに掃除をしてくれるそうです」

うれしそうな声で報告《ほうこく》した。

先生は初め「やらなくてもいいですよ」と言っていた。わたしも、ついいい気になって言

ってしまっただけなので、是《ぜ》が非《ひ》でもということでもなかったのだけれど、だれよりもおばあちゃんが乗り気だった。

「よかった。よかった。三人にまかせるのは申《もう》し訳《わけ》なかったんだよ」

なんとなく、おばあちゃんに押《お》しきられた感じだ。

「はい」

わたしにほうきをさし出したのは、おばあちゃんのとなりのとなりに座ってた女の人だった。ウエーブのかかったふわふわした髪《かみ》は、掃除のためなのか、後ろでたばねている。わたしと目が合うと、またニコッと笑《わら》った。右側の頬《ほお》にぺこんとえくぼができた。

「わたし、畑中美織《はたなかみおり》です」

あんまりゆっくりした口調だったから、外国の人かと思った。でも、名前を聞く限り、日本人のようだ。

「沢田優菜《さわだゆうな》です」

わたしも自己紹介《じこしょうかい》した。

「ユウナって呼《よ》んでいい？」

美織さんは、耳元に顔を寄《よ》せて小さな声で聞いた。

「はい」

この人、何歳《さい》なんだろう。大学生くらいに見えたけど、話してみるとわたしよりも幼《おさな》いように感じた。

「わたしのこと、ミオちゃんて呼《よ》んで」

そう言ってから、恥《は》ずかしそうに首をすくめた。

かわいい人だなあ。

ほうきで掃《は》いたあとを、おじいさんが黙々《もくもく》とぞうきんで拭《ふ》いていた。うちのクラスの男子がやるみたいに、拭けていようがいまいがお構いなしにだだだっと駆《か》け抜《ぬ》けて行くのではなく、ちゃんと隅《すみ》から隅までギュッギュッと拭いている。

「松本さんが拭いてくださると、床《ゆか》が本当にきれいになります」

机《つくえ》を運びながら間瀬《ませ》先生が言った。

そうか。このおじいさんは松本さんていうのか。やせた背《せ》の高いおじいさんだった。髪《かみ》の毛が真っ白で、まゆ毛も真っ白だった。顔にはたくさんの皺《しわ》があった。

「和真《かずま》くん。黒板、もっとていねいに拭いてください」

先生に注意されているのは、男の子だった。さっきは机に突《つ》っ伏《ぷ》していたから、顔が見えなかったけれど、色の白い、頬《ほお》のぷくぷくした子だった。大きなメガネをかけていた。わたしとそんなに変わらないくらいの年に見える。

和真くんは、一回黒板をなでるたび、ふうっとため息をついた。掃除《そうじ》というのは楽しいものではないとわたしも思うけれど、こんなにいやいやする人もめずらしい。

掃除が終わると、「帰りのホームルーム」をして、下校になる。

今度こそ帰る支度《したく》をしていると、間瀬先生が、

「ありがとう。助かりました」

お礼を言いに来てくれた。まだ「いい子の気分」が抜けていなかったので、つい、

「おばあちゃんが治るまで、わたしが掃除をやります」

と言ってしまった。

「それから給食のことなんですけど、明日からお願いします」

さっきまでまだ迷っていたのに、いっしょに掃除をしたら、弾《はず》みがついた。先生は、

「わかりました。じゃあ、そのように手配しておきますね」

手に持っていたノートの隅《すみ》に「給食追加」とメモした。

階段《かいだん》のところでおばあちゃんに、

「ミオちゃんて、かわいいね」

と言ったら、

「あの子はかわいいねえ」

何度もうなずいた。

「何歳《さい》なの？」

「たしか十七歳だったと思うよ」

十七歳。四つも年上なんだ。

「じゃ、あのおじいさんは？」

「松本さんは、たぶん八十過《す》ぎじゃないかねえ。終戦《しゅうせん》のとき十歳って言ってたから」

八十過ぎ！　やっぱりおばあちゃんと同じように、子どものころ学校に行けなかった人なのだろうか。

もうひとりの男の子は、斉藤和真《さいとうかずま》くんという名前だと、おばあちゃんは言った。

「和真くんは、今年十六歳。一年生だよ。美織《みおり》ちゃんは、ひとつ上で二年生。松本さんは三年生」

「えっ？　同じクラスなのに、一年生と二年生と三年生がいるの？」

不思議。

それに、ミオちゃんや和真くんの存在《そんざい》も謎《なぞ》だった。あのふたりは、なぜ夜間中学にいるんだろう。

おばあちゃんにたずねると、

「さあねえ。そういうことは聞いてないから」

はっきりとした答えは返ってこなかった。

でも、戦争《せんそう》は関係ないことだけはたしかだ。ほかの理由といったら、不登校か病気くらいしか思いつかなかった。

「青葉プロムナード」のお店の多くは、もう閉《し》まっていた。唐揚《からあ》げ屋さんもシャッターが下りていた。

「ここのおばさんに、唐揚げもらったんだよ」

わたしは、もらった袋《ふくろ》を見せた。

「おばあちゃんと食べなさいって」

人通りが絶《た》え、すっかり静かになった商店街を歩いて行くと、

「サチさん、さよならね」

自転車の人たちが通り過《す》ぎていった。自転車で通っている人もいるということにそのとき気づいた。昼間の中学は、地元の子たちが歩いて通って来られるようにあちこちにあるけれど、夜間中学はどこにでもあるというわけではない。おばあちゃんが電車で通っているように、ほかの人たちも電車やバスや自転車を使って、べつの町から通って来ているのだ。

桜台の駅に着くと、今度はおじさんの駅員さんが、

「お帰りなさい」

と出迎《でむか》えてくれた。西さんという名札をつけていた。

「ただいまもどりました」

と、おばあちゃんはあいさつをした。

おばあちゃん以外にも、今までこの駅から夜間中学に通っていた人はいるのだろうか。

ふと、そんなことを思った。

四　夜の船

次の日の朝、教室で机《つくえ》に教科書をしまってたら、朋美《ともみ》が駆《か》け寄《よ》ってきた。

「ユウナ、昨日《きのう》、なんで部活来なかったの？」

しまった、と思った。部活を休むことを言うのを忘《わす》れていた。いっしょに吹奏楽部《すいそうがくぶ》に仮入部したのに。

「ごめん。言うの忘れてた。しばらくお休みするんだ。あのね、おばあちゃんが……」

説明しかけたとき、

「ぐわーん。ショック」

蕾《つぼみ》が、突然《とつぜん》後ろから抱《だ》きついてきた。

「うわ、なに？　どうした？」

蕾は、眉毛《まゆげ》を八の字に寄せている。かわいい顔をしてるのに、こういうときは平気で変な顔をする。

「昨日《きのう》、テニス部で名簿《めいぼ》を渡されたの」

「うん、うん」

蕾《つぼみ》は、前から言っていたとおり、あこがれの原先輩《せんぱい》がいるテニス部に仮入部した。

「仮入部の子たちの名前は、二、三年生の下に、手書きで加えてあったんだけど、わたしの名前、『蕾』じゃなくて『雷《かみなり》』になってたの。そんなのある？　雷なんて名前、世の中にある？　カミナリだよ、カミナリ」

わたしと朋美《ともみ》は、遠慮《えんりょ》なくゲラゲラ笑《わら》った。

「しかも、その名簿書いたの原先輩なんだって。もう、ダブルでショック。いい年して漢字も書けねえのかって」

イイトシシテカンジモカケナイ。

いつもならさらっと聞き流す言葉が、ちくんと胸《むね》に刺《さ》さった。

「しかたないよ。ツボちゃんの名前、難《むずか》しいもん」

朋美が言った。

「うちのお兄なら、完璧《かんぺき》書けない。だって、アホだもん、あいつ。高校生のくせして、この前、車って字まちがえてた。もう小学校からやり直せっての」

蕾は笑いながら、

「いい年して簡単《かんたん》な漢字も書けないのって、かっこ悪いよねえ」

と言った。朋美も、「だよねえ」と笑っていた。

頭をガツンと殴《なぐ》られた気がした。

いい年をして簡単な漢字も書けないのはかっこ悪いのか。

「あ、ごめん、話、途中《とちゅう》だ。で、なんで部活休むの」

朋美が、話をもどしてくれた。

「あ、あのね」

なんて言おう。頭の中をいろいろな言い訳《わけ》が駆《か》けめぐる。

いつの間にか「おばあちゃんが夜間中学に通っていて」というフレーズが、きれいに消されていた。口から出たのは、

「おばあちゃんが怪我《けが》して、しばらく病院に送って行かないといけないんだ」

という言葉だった。

「ええっ。大変じゃん」

「ユウナ、偉《えら》ーい！」

蕾《つぼみ》は、わたしの頭をなでてくれた。

おばあちゃんが夜間中学に行っていることは、話せなかった。

夜間中学に行っていることを話したら、絶対《ぜったい》理由を聞かれる。そうしたら、おばあちゃんが小学校も数えるほどしか行ってないこととか、つい最近までひらがなしか読めなかったことも話さなくてはいけないことになる。

話すのはいい。問題はそのあとの反応だ。さすがに「いい年して漢字も書けないの？　かっこ悪いね」とは言わないだろう。でも、「今まで漢字も読めずに暮《く》らしていたの？」「お気の毒《どく》だねえ」、そんなふうに言われるのがこわかった。

おばあちゃんががんばっていることは、だれよりもわたしがいちばん知っている。だから他人からどう言われても気にすることはないはずなのに、変なふうに思われたり、気の毒がられたりしたらいやだって思ったのだ。

このとき初めて「あんまりよその人には言わないほうがいい」と言ったお父さんの気持ちがわかった気がした。

学校から家に帰る途中《とちゅう》で雨が降《ふ》りだした。

給食を頼《たの》んでおいてよかった。雨の中、何度も行ったり来たりするのはおっくうだ。

わたしが家に着いたときには、おばあちゃんは、もう準備万端《じゅんびばんたん》。いつでも行けるぞという態勢《たいせい》になっていた。

「雨降ってきたよ。おばあちゃん、濡《ぬ》れないで行けるかなあ」

と言うと、

「あたしは、少しくらい濡れてもなんともないよ」

おばあちゃんは、そう言いながらも、

「カッパはなかったかねえ」

と、探し始めた。

その間に、自分の準備をした。まずは、宿題の英語のノート。あとは……まあいいか、本でも読めば。文庫本を一冊《さつ》カバンに入れる。

下に下りていくと、おばあちゃんは、灰色《はいいろ》のレインコートを着ていた。

「おじいちゃんの病院に通っているとき、買ったんだよ」

って。これなら、少しくらい傘《かさ》が傾《かたむ》いても濡れないですみそうだ。

雨は、それほど激《はげ》しくはなかったけれど、すべって転ばないように、ふたりでゆっくり歩いた。

ただ単《たん》にいっしょに学校に行くだけのことだけれど、毎日ということは、雨の日だってあるのだ。そういうことも考えておかなくちゃいけないのだなと思った。

自転車で通って来ている人たちは、今日は、どうやって来るのかな。少し気になった。

学校に着くと、間瀬《ませ》先生が待っていてくれた。

「教室に優菜《ゆうな》さん用の机《つくえ》を準備《じゅんび》しましたから、ここにいてもいいですよ」

B組の中にわたしの席が用意されていた。おばあちゃんのすぐ後ろ。出入り口の近く。

教室にいづらかったら図書室を使ってもいいと言われた。本も自由に読んでいいそうだ。

それから、先生は、

「ほかのクラスの授業を見学に行ってもいいですよ」

とつけ加えた。

「え？　ほかのクラス、入ってもいいんですか？」

思わず聞き返した。うちの中学は、よその教室に入るのは禁止だ。

「ええ。むしろ、ぜひのぞいてほしいと思っているんですよ」

夜間中学のことを、いろいろな人に知ってもらいたいからだそうだ。

A組からC組までは普通学級《ふつうがっきゅう》で、日本語のできる人のクラス。D組からH組は、日本語学級。ここは、日本語に不慣れな外国の人たちのためのクラスで、日本語の習得が中心なのだそうだ。

頭の中に昨日《きのう》会った男の人の顔が浮《う》かんだ。べつに「かわいい」と言われたからじゃなくて……ううん、やっぱり「かわいい」と言われたから気になった。中学一年の女子には、最高のほめ言葉だ。同じクラスの男子だったら、口が裂《さ》けたって言わない。それだけでときめいてしまってもしかたないと思う。

あの人、どこのクラスなんだろう。

そう思ったとき、

「こんばんは」

後ろから声をかけられた。振《ふ》り返ると、まさに、その人が立っていた！　心臓《しんぞう》が縮み上がった。

「こんばんは、カルロスくん。あらぁ、びしょびしょじゃないの」

おばあちゃんは、平然と話しかけている。

「雨、ぬれた。自転車だから」

カルロスくんは、シャンプーをするように、指《ゆび》で頭の水滴《すいてき》をはらった。濡《ぬ》れた髪《かみ》がつやつやと光っている。

彫刻《ちょうこく》みたいだと思った。

生きている人間を見てそんなふうに感じるのはおかしいかもしれないけれど、毛穴《けあな》ひとつ見つからないすべすべした肌《はだ》の質感《しつかん》は、美術室《びじゅつしつ》で見た石膏像《せっこうぞう》を思い出させた。厚い唇《くちびる》もきれい。蕾《つぼみ》が見たら、いっぺんでファンになること請《う》け合いだ。

「サチさんの……」

カルロスくんは、鴨居《かもい》に手をかけたまま、わたしの顔をじっと見た。

「ええと、オ、モ……？」

「お孫さんですよ」

先生が言った。

「ああ、オマゴサン、オマゴサン」

それを思い出そうとしていたのか。

「名前は？」

聞かれたので、

「優菜《ゆうな》です」

と答えた。カルロスくんは、即座《そくざ》に、

「ユウナ！　すてきです。かわいい！」

大げさにほめたたえた。あれ？　ちょっとこの人、思っていたのとイメージが違《ちが》う。

「優菜さんは、しばらくの間、ここに来ます。よろしくお願いしますね」

先生は、ていねいな言葉で、カルロスくんに説明してくれた。

「ユウナ、夜間中学に入った？」

カルロスくんは、わたしのことを転入生と勘違《かんちが》いしたようだった。先生があわてて訂正《ていせい》した。

「入ったのではなくて、幸《さち》さんの怪我《けが》が治るまで、いっしょに来ます」

先生の説明に、カルロスくんは、「ああ、ああ」とうなずいている。日本語、どれくらいわかっているのだろうか。

「ぼく、H組。来てね」

カルロスくんは、ウインクをして階段《かいだん》を下りていった。

「カルロスくんは、フィリピンの人です。今、二年生」

間瀬《ませ》先生が教えてくれた。

授業の前のホームルームで、間瀬先生は、クラスの人たちにもわたしのことを改めて紹介《しょうかい》してくれた。

「幸《さち》さんの怪我《けが》が治るまでの間ですけど、よろしくお願いしますね」

わたしは、自分用の席に着いていたけれど、立ち上がって頭を下げた。なんだか転校生になったみたいだ。

ミオちゃんは、体をななめにして振《ふ》り返り、頭を下げてくれた。松本さんも、ちょっとだけわたしのほうを見て、首を動かした。でも、和真《かずま》くんだけは、ちらりとも見なかった。それだけでなく、先生に向かって、

「ただのつきそいだろ。紹介なんてしなくてもいいじゃん。関係ないし」

と言い放った。耳を疑《うたが》った。いくら思っても、口には出さないだろう、そういうことは。

「和真くん、ひとつの教室にいるのもご縁ですからね。仲良くしてくださいね」

先生がたしなめても、

「やだ」

あくまでも冷たい態度《たいど》だった。

なんだ？　こいつ？

わたしは、斉藤《さいとう》和真の背中《せなか》をにらみつけた。

一時間目は、国語の授業だった。学年が違《ちが》うのに、どうやるのかなあと見ていたら、それぞれプリントを渡されていた。みんながさらさらと鉛筆《えんぴつ》を動かし始めるのを見て、わたしもカバンから英語のノートを出した。宿題を片づけてしまおう。

気がつくと、先生は、みんなの机《つくえ》を回りながら、小さな声でなにかを言っていた。おばあちゃんの机の横に来ると、

「よく書けるようになりましたね」

とほめたあと、

「ここは、はねますよ」

プリントを指《ゆび》さした。おばあちゃんは、あわててごしごし消しゴムをかけ始めた。家でもそうなのだけれど、まちがいを指摘《してき》されると、おばあちゃんは弱い。ものすごくあせるのだ。プリントやノートだと、紙が破《やぶ》れそうな勢《いきお》いで消す。まちがえることは、悪いことだと考えているみたいだ。

ハラハラして見ていたら、

「まちがえてもいいんですよ」

先生は、おばあちゃんの手の上に、そっと手を重ねた。

「初めは、だれでもまちがえるんです。最終的に正しい字を覚えればいいんです」

先生の声は、ものすごく穏《おだ》やかで優《やさ》しかった。おばあちゃんは、消しゴムをかける手を止めた。

ふう。大きく息をひとつついた。いつのまにか、わたしは、息を止めていたようだ。

わたしの席からは、みんなの後ろ姿《すがた》がよく見えた。

おばあちゃんは、プリントをのぞきこむようにして書いている。たぶん、緊張《きんちょう》しているのだろう。肩《かた》や腕《うで》に力が入っているのが見てわかる。

松本さんは、お年寄《としよ》りなのに姿勢《しせい》がいい。ピンと背中《せなか》を伸ばしている。

ミオちゃんは、何回も首を傾《かたむ》けながら書いている。そのたびに背中が左右に動いて、歌っているみたいだ。

和真《かずま》は、プリントに顔をくっつけるようにして、ものすごい速さでシャープペンを走らせていた。ときどき、パキッと芯《しん》が折《お》れるのは、書く速さに芯がついていけないからだろう。

「できた」

和真は、プリントを頭の上に持ち上げた。先生は、和真のそばまで行って、

「がんばりましたね」

とプリントを受け取った。でも、ひと目見たとたん、首を傾《かし》げた。

「もう少していねいな字で書けると、よりいいですね。これでは、読むのに苦労《くろう》してしまいそうです」

字が乱雑《らんざつ》で読めないらしい。

「ええ〜。いいじゃないか、そんなこと。答えは合ってるんだから」

和真は、不満《ふまん》そうだ。

先生は、和真のプリントの丸つけを始めた。本人の言うとおり正解ばかりみたいで、赤ペンの先がぐりんぐりんと円を描《えが》いている。

「ねえ、先生、ぼく、もうこんなプリントやらなくていいから、卒業させてよ」

和真は、小さい子がだだをこねるように肩を揺《ゆ》らした。

「まだ入学したばかりじゃないの」

先生は、笑《わら》って聞き流している。

それでも、和真《かずま》は引き下がらない。

「学校なんて休んでても卒業できるんだろ、ホントは。なんで、ぼくだけ……」

「和真くんだけじゃないですよ。ここには、たくさん生徒《せいと》がいるでしょう」

先生はあくまでも笑顔《えがお》だ。

「けどさあ」

和真は、まだ言い足りないみたいだったけれど、

「ここ、違《ちが》っていますよ。もう一度よく読み直してみてね」

と、プリントを返されて口を閉《と》じた。

変わった子だなあと思った。もし、うちのクラスにいたらどうなっただろう。友だちなんてできるのだろうか。だれも近づかない気がする。

授業は四十分。チャイムが鳴って、一時間目終了《しゅうりょう》。

「退屈《たいくつ》じゃないかい？」

おばあちゃんは、座ったまま振《ふ》り返った。

「ううん、宿題やれてちょうどよかった」

それは事実だった。家にいると、なかなか宿題が終わらないけれど、今日は、いつもの半

分の時間でできた。

「おばあちゃんを毎日待ってたら、そのぶん勉強できて、わたし、頭がよくなりそう」

と言うと、

「けっ」

いやな感じの笑《わら》い声が聞こえた。和真だった。

「そんなことで頭なんてよくなるかよ。頭のよし悪しなんて、生まれつき決まってるんだ。ちょっとくらいがんばっても、よくなんねえよ」

わたしは、和真をにらみつけた。

「頭がよくなる」と本気で思ったわけではない。おばあちゃんに気を遣《つか》わせたくないから言っただけだ。そういうのは、ある程度《ていど》の年になれば気づくんじゃないのか?

なんて言い返してやろう。構えたとき、横から、

「ええ、そうなのぉ?」

ミオちゃんの間の抜《ぬ》けた声がした。

「がんばっても、頭ってよくならないんだぁ。なあんだぁ。がっかりぃ」

全身の力が抜けるくらい、のんびりした口調だった。

「ならねえよ」

和真《かずま》は、吐《は》き捨てるように言った。

「頭の悪いやつは、一生バカ！」

なんてやつ！

思わず、立ち上がった。椅子《いす》がひっくり返って、ガタンと大きな音を立てた。

わたしは、和真に向かって言った。

「じゃあ、あんたは、頭がいいの？」

和真は、驚《おどろ》いた顔で、ちょっと身を引いた。でもすぐに勝ち誇《ほこ》ったように言い返した。

「ぼくは、頭はいい。おまえと違《ちが》って」

わたしは、ずかずかと和真の前に歩み寄《よ》った。

「わたしの頭が悪いかどうか、どうしてわかるのよ」

並んだら、同じくらいの身長だった。和真は即答《そくとう》した。

「わかるよ。おまえ、さちばあの孫なんだろ」

「さちばあ……？」

振《ふ》り返ると、おばあちゃんと目が合った。おばあちゃんが、ぷっと吹《ふ》き出した。

「さちばあって、あたしのことかい」

おばあちゃんは、ケタケタ笑《わら》っている。

「おばあちゃん」

笑ってないで、しかってほしいのに。

すると、思わぬところから声が返ってきた。

「和真くん、さちばあではありません。ここでは、みんな同級生なんだから、幸《さち》さん、もしくは沢田《さわだ》さんと呼《よ》ぶこと」

いつのまにか、べつの先生が来ていた。今度は男の先生だった。

黒板横の時間割に目をやると、二時間目は数学になっていた。教科で先生が変わるところも、昼間の中学校と同じだ。

和真は、「ふん」とわたしを一瞥《いちべつ》し、席に着いた。そのあとは、何事もなかったように、数学の教科書を出している。それを見ているだけでムカムカしてくる。後ろに行って、蹴飛《けと》ばしてやりたい気分だ。でも、さすがにそれはできない。

わたしは、鼻で大きく息を吸って、吐《は》いた。

落ち着け、落ち着け、優菜《ゆうな》。

何度自分に言い聞かせても、和真《かずま》の後ろ姿《すがた》が目に入る限り、怒《いか》りはおさまりそうにない。教室を出たほうがよさそうだ。図書室に行こう。

そっと教室を出た。

図書室は、B組の教室のふたつとなり。歩きだすと、むこうの職員室からちょうど間瀬《ませ》先生が出てきた。先生は、わたしの顔を見ると、

「ほかのクラスを見に行くんですか?」

と聞いた。

そう言われて、よそのクラスを見に行っていいと言われたことを思い出した。先生は、わたしがよそのクラスを見に行くつもりだと疑《うたが》わない様子で、

「とびらが閉《し》まっていても、開けて入って大丈夫《だいじょうぶ》ですよ。みんな気にしないから」

と言って去《さ》って行った。

そうか。ほかのクラスか。

B組以外は、日本人の生徒《せいと》はいないとおばあちゃんは言っていた。外国の人たちは、どんなふうに勉強しているのだろう。それぞれの国の言葉で勉強しているのだろうか。

図書室に行くつもりで教室は出てきたけれど、目的があったわけではない。ほかのクラス

をのぞいてみるのもいいかもしれない。

よし！　行ってみよう。

真っ先に頭に浮《う》かんだのは、カルロスくんの顔だ。

「来てね」と言われたことも、頭に残っていた。たしかH組と言っていた気がする。

一階《かい》に下りると、楽しそうな笑《わら》い声が聞こえてきた。いちばん手前のD組からだ。カルロスくんのクラスではないけれど、楽しそうだ。なんの勉強をしているのだろうか。見てみたくなった。

ほんの少しとびらを開けてのぞいてみるつもりだった。けれど、とびらに手をかけたとたん、ガタッと大きな音を立ててしまった。笑い声がピタッと止まった。

しまった。体がひやっと冷たくなった。

そのまま逃《に》げだそうかと思ったとき、

「どうぞ」

中から声をかけられた。

今の「どうぞ」はわたしに言ったのだろうか。迷っていたら、

「入って来ていいですよ」

もう一度声をかけられた。もう黙《だま》って逃《に》げるわけにもいかない。

観念《かんねん》してとびらを開けると、教室中の目がわたしを見ていた。

うわっ。どうしよう。

と思ったのは、ほんの一瞬《いっしゅん》だった。みんなの目は、すぐわたしから離《はな》れ、黒板のほうに向き直った。少し気が抜《ぬ》けたが、ほっとして教室の後ろに立った。こんなふうに、だれかが授業を受けているのを後ろから見るのは初めてだった。まるで、授業参観に来たお母さんのようだ。

D組は六人の学級で、日本語の勉強の真っ最中だった。男子ふたり、女子四人。ひとりだけ金髪《きんぱつ》の男の人がいたけれど、あとの五人は日本人そっくりだった。中国か韓国《かんこく》の人なのかもしれない。女の人のうちのふたりは、おばあちゃんと変わらないくらいの年齢《ねんれい》に見えた。

「小さい、大きい」

「チイサイ、オオキイ」

みんな、先生に続いて声をあげた。

「小さい、わかりますか?」

先生は、小さなチョークをみんなに見せて、「小さい」と言った。みんな、うなずく。

「ほかに小さいものは……」

先生が教室を見回すと、女の人のひとりが立ち上がった。

「わたし、チイサイ」

てのひらを頭に乗せている。

「小さい？　なにが？　背《せ》？」

先生がたずねると、彼女《かのじょ》はうなずいた。

「そうですね。背が小さいとも言いますね。でも、背はもうひとつ言い方があります。背は『低い』とも言います。反対は『背が高い』」

先生は、金髪の男子生徒《せいと》を立ち上がらせた。背の高い人だ。先生は横に並び、

「背が高い。背が低い」

と交互《こうご》に指《ゆび》さした。みんな、うなずいている。ノートに書きこんでいる人もいる。

すると、べつの女の人が、自分の鼻を指さして、

「ハナがヒクイ」

それから金髪の男の人の鼻を指さし、

「ハナがタカイ」

と言った。みんな笑《わら》った。

「チョウさんの鼻、低くないですよ。わたしのほうが低い」

先生は自分の鼻を押《お》さえた。また笑いが起こった。

そのあとも「広い・せまい」とか「早い・遅《おそ》い」とかが続いた。びっくりしたのは、みんながとても熱心なこと。先生が言ったことをメモしたり、わからないとすぐに質問《しつもん》したり。わたしのことなんて、もうだれも気にしていない。

昼間の学校と全然違《ちが》う。ほかの組のことはわからないけれど、少なくともうちのクラスは、こんなふうにみんなが集中していることはめったにない。授業中に手紙が回ってくることもあるし、こっそりケータイを出している子もいる。そういうことをしていなくても、わたしなんて、気がつくとボーッとしている。先生がどこのページの説明をしているのか、わからなくなることもしょっちゅうだ。

D組は真面目《まじめ》なクラスなのだろうか。たまたま、そういう人が集まったということだって考えられる。それとも、ほかのクラスもこうなのだろうか。

できるだけ音を立てずに教室を出た。

次はカルロスくんのいるクラスに行ってみるつもりだった。

今度こそ、音を立てないでとびらを開けるつもりだったのに、やっぱりガタッと音が出た。片目で中をうかがってみたけれど、生徒《せいと》たちは、だれもこっちを見ていない。

もしかしたら、気づかれなかったのかもしれない。そろそろととびらを開けて、体をすべりこませた。教室に入ると、とびらに近い人だけがチラッとわたしを見た。でも、ほかの人たちは前を向いたままだ。授業は、男の人が自分のプリントを読み上げている最中だった。

「ぼくは、でんしゃで、席をかわりました」

「だれに席を替《か》わりましたか?」

男の先生だった。

「おじいさん」

「じゃあ、『ぼくは、電車の中でおじいさんに席を』」

先生がそこまで言うと、

「ゆずりました」

座っていた女の人が言い換《か》えた。

「お、いいねえ。こういうときは『席を替わる』より『ゆずる』のほうがいいですね」

「グッジョブ」

大きな声で言ったのは、カルロスくんだった。

このクラスは、八人。全員が二十代くらいの若い人ばかりだった。みんな、ひと目で外国の人とわかる顔つきをしていた。

さっきのクラスよりも難《むずか》しい日本語の勉強をしているようだった。黒板に「だれが、どこで、どうした」と書いてある。

ひとりが発表すると、その文章にみんなが言葉をつけ足したり、言い換《か》えたりする。手を挙げて発表というのではなくて、自由に発言している。でも、ふざけたり、いいかげんなことを言ったりする人はいない。それなのに楽しそうだ。

「夜間中学」に抱《いだ》いていたイメージが、どんどん変わっていくのがわかった。おばあちゃんから話を聞いていたときは、人数も少ないから、しんみりした感じかと思っていたのだけれど、そうじゃない。昼間の中学より、明るくて、元気で、自由な空気が流れている。行ったことはないけれど、「大学」ってこんな感じなのかもしれない。

いいな。こういう雰囲気《ふんいき》。

感心していたら、チャイムが鳴った。みんな、ばらばらと立ち上がった。

「ユウナ、来てくれて、ありがとう」

カルロスくんがにこにこして近づいて来てくれた。わたしが来たことに、気づいていたんだ。

「ゴハンだよ、ユウナ。いっしょに行こう」

カルロスくんは、廊下《ろうか》を指《ゆび》さした。

「キュウショクは、ニカイのショクドウ」

カルロスくんの横には、眉《まゆ》の濃い、はっきりした顔立ちの男の人がいた。

「アンドレ」

と、カルロスくんは紹介《しょうかい》してくれた。

「アンドレくんも、フィリピンの人なんですか?」

とたずねると、ブラジル人だと教えてくれた。

「ブラジルかあ」

わかったような顔でうなずいたけれど、本当はブラジルがどこにあるのかもわからなかった。あとで地図で調べてみよう。

食堂は、昼間の学校の教室二個《こ》分くらいの広さで、縦長《たてなが》のテーブルが並んでいた。給食はお盆《ぼん》に載《の》せられ、テーブルの上に準備済《じゅんびず》みだった。おばあちゃんは、いちばん廊下《ろうか》に近いテーブルの端《はし》っこにもう座っていて、横にはミオちゃんがいた。

場所が決まっているのかどうか、わからなかった。どこに座ればいいのだろう。迷っていたら、

「ユウナ、こっちこっち」

カルロスくんに、手を引っ張られた。そのまま座ってもいいものなのか考えていたら、H組のほかの人たちも声をかけてくれた。おばあちゃんを見ると、にこにこうなずいている。いっしょにいればいいということなのかな。

「どうぞ」

カルロスくんは、スマートな手つきで椅子《いす》を引いてくれた。こういうの、テレビや映画では見たことがあるけれど、やってもらったことは初めて。まるで、大人の女の人になったみたいだ。

椅子に座ったら、もう片方のとなりはH組の女の人だった。名前はアディティさん。アディティさんは、わたしの耳元でこそっと、

「カルロス、だれにでもチョーシいいよ」

と言って笑《わら》った。アディティさんは、そばに寄《よ》るととってもいいにおいがした。大きな黒い

瞳《ひとみ》がなにかに似《に》てると思ったら、理科の時間に見た黒曜石《こくようせき》だ。インドの人だろうか？　顔が小さくて、彫《ほ》りが深い。

どこの国の出身かたずねたら、

「ネパール」

と教えてくれた。これまた、どこにあるのかわからない。あとで調べてみよう。

給食の献立《こんだて》は、オムライスとサラダとスープだった。デザートにゼリーもある。

昼間の中学では「いただきます」の合図で食べ始めるけれど、夜間中学はそんなのはなかった。みんな、席に着いたらさっさと食べだした。カルロスくんも、食べ始めている。

「カルロスくん」

声をかけたら、

「カルロスでいい。くん、いらない」

と、言われた。それで、改めて、

「カルロスは、何歳《さい》？」

と聞いた。

「十九さい。ユウナは？」

「十三歳《さい》。四月が誕生日《たんじょうび》なの」

「四月、バースデイ？　いっしょ」

カルロスは、「信じられない」という表情《ひょうじょう》をした。すると、横で聞いていたアディティさんがぷっと吹《ふ》き出した。

「カルロス、四月じゃない。七月でしょ」

カルロスは、両てのひらを広げて肩《かた》をすくめた。

なんだ。嘘《うそ》なのか。本当に調子がいい人なんだ。でも、ずっとにこにこしているので、悪い人には思えなかった。

「ここには、どんな国の人がいるの？」

今度は、カルロスとアディティさんのふたりに聞いてみた。

カルロスは、ちょっと考えてからまず自分を指《ゆび》さし、

「フィリピン」

アディティさんも自分をさして、

「ネパール」

それから、ブラジル、インド、中国、韓国《かんこく》、アフガニスタンと続けた。

「そんなにたくさん！」

想像《そうぞう》以上だった。この小さな学校に、そんなにいろんな国の人がいるなんて。

カルロスは最後に、

「ああ、それからニホンジンね。あそこみんなニホンジン」

と前のテーブルを指さした。

「センセイたち、忘《わす》れてた」

前のテーブルで食べているのは、先生たちのようだった。でも、いったいだれが先生で、だれが生徒《せいと》なのか。パッと見ただけでは区別がつかない。先生も生徒もみんな、大人なのだから。服装《ふくそう》も、昼間の中学のように、生徒は制服というわけでもない。

「ユウナ、給食の時間、短いよ。早く食べたほうがいいよ」

アディティさんが、教えてくれた。

それで、急いで食べ始めようとしたところで、間瀬《ませ》先生の声が聞こえた。

「みなさん、聞いてください」

間瀬先生は、黒板の前に立っている。みんなが、いっせいに先生を見る。

「もう知っている人もいると思いますが、Ｂ組の沢田幸《さわださち》さんが足を怪我《けが》されました。それでひとりで通って来るのが大変なので、しばらくお孫さんがいっしょに来てくれることになりました」


わたしのことだ！　みんなも気づいて、わたしをじろじろ見ている。

心臓《しんぞう》が大あわてで動きだした。

「優菜《ゆうな》さん」

先生は、てのひらで立ち上がるように合図した。わたしは観念《かんねん》して立ち上がった。

「沢田《さわだ》優菜さんです。よろしくお願いします」

間瀬《ませ》先生の声に合わせて、頭をぺこりと下げた。

みんなからは、「ＯＫ」とか「わかった」とかいう声が聞こえてきた。先生が、うなずいたので、すとんと腰《こし》を下ろした。

座ってもまだドキドキしていた。緊張《きんちょう》した。まさか、こんなところで紹介《しょうかい》されるなんて思わなかった。

でも、よく考えれば、そのほうが、なにかと便利だ。これで、校舎《こうしゃ》の中をふらふらしていても、あやしまれることはない。

三時間目は、図書室に行った。地図の本を出して、さっき聞いた国を探した。フィリピン、ブラジル、アフガニスタン、中国、韓国《かんこく》、ネパール、インド。中国と韓国以外は、どこにあるのかさっぱりわからなくて、見つけるのに時間がかかった。

ブラジルは、日本のほぼ裏側《うらがわ》だった。ここから日本まで何時間くらいかかるのだろう。地図で見ると、韓国や中国は近いけれど、やっぱりべつの国であることに変わりはない。

よその国から来て、今、日本の夜間中学で勉強しているというのは、どんな気持ちなのだろう。

三時間目が終わってB組にもどると、おばあちゃんが待っていた。

「ゆうな、今から美術室《びじゅっしつ》だから、手伝っておくれ」

美術室は一階《かい》だった。ロッカーから絵の具を出し、おばあちゃんの腕《うで》を支《ささ》えながら階段《かいだん》を下りる。

美術室の中には大きな版画が飾《かざ》ってあった。お寺の絵だった。

「卒業制作なのよ。三年生みんなで作ったの」

美術の先生が教えてくれた。

「じゃあ、おばあちゃんも三年生になったら、こういうのやるんですか？」

「ええ。テーマは、毎年変わるけどね」

おばあちゃんは、まぶしそうに版画を見つめている。三年後に自分が仕上げる絵を想像《そうぞう》しているのかもしれない。三年。同じ三年でも昼間の中学に通う三年と夜の中学の三年は、全然違《ちが》うような気がする。

美術室《びじゅつしつ》の机《つくえ》は六人がけの大きな机だった。ひとつの机に四人が座った。机の真ん中では、プラスチック製のバナナやリンゴが電灯の光をあびて、てらてらと輝《かがや》いている。すでに下描《が》きは完成していて、今日は、色をつけるようだ。

おばあちゃんの絵をのぞいたら、

「あんまり見ないで」

って、中学生の女の子みたいなことを言った。でも、意外に上手だった。

「おばあちゃんて、絵がうまいんだね」

正直に感想を言ったら、

「幸《さち》さんは、センスがありますね」

先生もほめてくれた。おばあちゃんは、顔を赤くして照れている。

「絵なんて描いたことなくてねえ。絵の具を使うのも、生まれて初めて」

驚《おどろ》いた。わたしは、絵の具なんて小学生のときから使っている。でも、学校に来なければ、たしかに絵の具なんて使う機会は、ないのかもしれない。

「中学に来て、初めてのことをたくさんさせてもらってますよ」

とおばあちゃんは言った。

「七十年以上も生きてきてできなかったことが、今やれてる。ありがたいことです」

おばあちゃんの言葉に、松本さんが黙《だま》ってうなずいている。

松本さんの絵は、すごく力強かった。ひとつひとつのものが、ぐいぐい迫《せま》ってくるような絵。ミオちゃんの絵は、マンガとかイラストというほうが似合《にあ》った。太いサインペンで縁取《ふちど》りをして、中を原色で塗《ぬ》りつぶしている。バナナは黄色。リンゴは赤。

和真《かずま》の絵をのぞこうとしたら、

「見るなよ」

と言われた。絵に自信がないのか、腕《うで》で隠《かく》しながら描いている。

和真の絵は見られなかったけれど、おばあちゃん、松本さん、ミオちゃんの絵は三者三様でおもしろいなと思った。同じものを見ているのに、使っている絵の具の色も描き方も異なっている。

雨の音が急に強くなった。思わず、窓《まど》の外に目をやった。外は真っ暗だ。教室が明るい分、外の暗さが際立つ。雨のカーテンのむこうに、近所の家の明かりが小さくにじんで見える。とても遠いところに来ているみたいだ。

ふいに、自分が船に乗っているような気持ちになった。たくさんの国の乗客を乗せて暗い海の上を渡っていく船。

夜間中学という船。

雨は、掃除《そうじ》が終わるころ、不思議なくらいピタリとやんだ。

五　幸せな中学生

夜間中学は、「こんばんは」から始まる。夜間中学に通うようになってすぐ気づいた。昼間の中学が「おはようございます」で始まるように、ここでは「こんばんは」でスタートするのだ。

そのことがわかって、わたしも「こんばんは」とあいさつするようになった。そして、あいさつを交わすたび、自分でも驚《おどろ》くほど早く夜間中学になじんだ。

それほど溶《と》けこみやすい性格というわけでもないのに、なぜだろう。もしかしたら、ここにいるほとんどの生徒《せいと》が外国人だからかもしれない。フレンドリーで明るい人が多いのだ。

特にカルロスのクラスの人たちは、みんな、「ユウナ、キョウシツおいで」と声をかけてくれた。H組唯一《ゆいいつ》の女性のアディティさんは、わたしが教室に行くと、

「ユウナァ」

と、ハグしてくれた。カルロスは、相変わらず調子がいいし、よく聞いているといいかげんなことばかり言っているけれど、あの人なつっこい笑顔《えがお》を見るとなんとなくすべて許《ゆる》せてしまう。

B組にいるときは、ミオちゃんと話していることが多い。ミオちゃんは、超《ちょう》がつくほどののんびりやだけれど、いつもにこにこしている。いつのまにか自然に「ミオちゃん」「ユウナ」と呼《よ》び合う仲になっていた。松本さんは、あんまりしゃべらないけれど、こわい人ではなかった。わたしとミオちゃんの会話を聞いて、ほんのちょっとだけ笑《わら》うこともある。

夜間中学の人たちは、みんな大人なせいか、他人に優《やさ》しい。そして、勉強熱心だった。

そんな中で、和真《かずま》だけは異質《いしつ》だった。とにかく、性格が悪すぎる。いつも「早く卒業させろ」と言っている。「卒業さえさせてくれれば、高校卒業認定《にんてい》の試験《しけん》を受けて、大学に入る」のだそうだ。高校卒業認定の試験に合格すれば、高校に行かなくても大学が受験できるらしい。だけど、中学にも入ったばかりなのに、卒業させろというのも無理な話だし、高校に行く前に「高校卒業」の資格《しかく》を取ろうなんていうのもおかしな話だ。高校を飛ばして大学に行くのが目標《もくひょう》なのだろうか。

夜間中学での時間の過《す》ごし方は、宿題をやったり自主勉をしたりするときはB組。時間割を見て、H組にも行く。体育をやっているクラスがあるときは、仲間に入れてもらう。

「ユウナは特別だから」

と、みんな言ってくれる。「ユウナはどこのクラスに行ってもいい」と認《みと》めてくれているのだ。どこに行ってもかわいがってもらえるし、給食のときは、あちこちから「こっちにおいで」と声がかかる。

「ユウナは、アイドルだね」

とカルロスは言う。

「みんな、ユウナがかわいい」

って。

先生たちからも「特別扱《あつか》い」されている。「幸《さち》さんのお世話をするいい子」と思われているからだ。

昼間の中学でのわたしは、平凡《へいぼん》な子だ。取りたててかわいいわけでも、勉強ができるわけでもない。目立つところなんてなんにもない。

でも、夜間中学にいる間は、違《ちが》う。いつもみんなからちやほやされて、なにをしてもかわいいと言ってもらえる。こんな気分のいいことはない。

そのうえ、夜間中学は昼間の中学とはべつの魅力《みりょく》であふれていた。服装《ふくそう》も自由だし、女の人たちはお化粧《けしょう》もしている。休み時間には、いろいろな国の人たちが自分の国の言葉でおしゃべりしている。その中にいると、すごくかっこいい人間になったような気がした。

昼間、学校にいるときも、気がつくと夜間中学のことを考えていた。

「ユウナ、このごろ楽しそうだね」

朋美《ともみ》に言われた。

「あのね」

カルロスやミオちゃんやアディティさんのことを話したくて、うずうずしていた。夜間中学がどんなにすてきなところで、そこでどれくらい自分が特別に扱《あつか》われているかを話したくてしょうがなかった。

でも、わたしのおしゃべりにブレーキをかけたのは、おばあちゃんの存在だ。おばあちゃんが、中学校に通っていることは、話してはいけない。

「そういえばさ、上村くんのこと、知ってる?」

朋美が突然《とつぜん》、上村くんの話を持ちだした。

「あの子ね、今フリースクールに行ってるんだって」

「フリースクール？　なに、それ」

「わたしもよくわかんないんだけど、塾《じゅく》みたいなところで、そこに行けば、卒業できるんだって」

「よくわかんない」朋美が説明しているだけあって、聞いているほうもわからなかった。

「そういうとこに行けば、学校に来なくても卒業できるってこと？」

「みたいだよ」

塾に行けば、卒業できるなんて、ちょっとずるいような気もする。

「学校に来なくても、出席日数とか、いいのかな」

テレビドラマで、先生役の人が、生徒《せいと》に「このままじゃ出席日数が足りなくて、進級できないぞ」と言っているのを思い出した。

「どうなんだろ。小学校も卒業できたんだから、いいんじゃない？」

朋美が適当《てきとう》な返事をすると、それまで、黙《だま》って聞いていた蕾《つぼみ》が、

「義務《ぎむ》教育は、どれだけ休んでも卒業できるんだよ」

と教えてくれた。

「ええとね、『その子の将来《しょうらい》のことを考えて』って言ってたよ」

蕾《つぼみ》の情報《じょうほう》の出所は、先生をしている従姉妹《いとこ》のお姉ちゃんだった。

「だよねえ。落第している子って見たことないもんね」

朋美《ともみ》は、「納得《なっとく》、納得」とうなずいている。

「学校なんて休んでても卒業できるんだろ」。前に斉藤和真《さいとうかずま》が言っていたことは、まんざら嘘《うそ》ではないようだ。でも、行かなくても卒業させてもらえるなら、なぜミオちゃんや和真は卒業してないのだろう。


昼間の学校では、初めての中間試験《しけん》が近づいてきていた。

「試験週間になったら、送り迎《むか》え代わろうか」

お母さんは心配してくれたけど、「待っている間、教室で勉強するからいいよ」と断った。

今いちばんの楽しみは、夜間中学へ行くことなのだ。休むなんて考えられない。

試験前の土曜日の午後、下に下りていくと、台所のテーブルでおばあちゃんは音読の練習をしていた。

わたしは、おばあちゃんの前に腰《こし》かけた。

読んでいるのは、『力太郎』という昔話だ。漢字の部分もつっかえずに読んでいる。最後まで聞いて、拍手《はくしゅ》した。

「うまく読めるようになったね」

と言うと、

「だろう」

おばあちゃんは、ふふふと笑《わら》った。

「何度も何度も練習したからね」

それから、

「もっと早く始めればよかった」

と言った。

「今からだって遅《おそ》くないよ」

わたしは、励《はげ》ますつもりで言ったのだけれど、おばあちゃんは、さびしげな顔をした。

「けんじが子どもだったころなんだけどね」

けんじというのはお父さんのことだ。

「本を読んでくれってせがむんだよ。ひらがなばかりだから、読めるには読めるんだけど、どうにも自信がなくて。おかしな読み方するんじゃないかって」

「で、読んであげなかったの？」

おばあちゃんはうなずいた。

「小学校のころの持ち物に名前を書くのも、おじいちゃんにやってもらった。ほかの子はたいていお母さんに書いてもらってたから、なんで書いてくれないんだって泣かれたこともあるよ」

おばあちゃんは、大きなため息をついた。

「字が読めないことがばれないように、ごまかすことばっかりしてた」

今、こんなに堂々とカミングアウトしているのに、意外だった。

「本当は、恥《は》ずかしかったんだよ。学校に行かなかったころは、このままだと先々困《こま》るとか考えてもいなかったんだけど、大人になるとね。読み書きができないなんて、ほかの人に知られたくなかった」

お父さんが、「読み書きもできないなんて、他人に知られたら、おばあちゃんは恥ずかしいかもしれない」と言ったとき、見当外れだと思ったけれど、そうでもなかったのだ。

「でも、今は恥ずかしいなんて考えてないよ。勉強させてもらえることがありがたい。家族も応援《おうえん》してくれてるし、日本一幸せな中学生だよ」

おばあちゃんは、胸《むね》を張った。

「大げさだな」

と笑《わら》うと、おばあちゃんは、「大げさじゃないよ」と言い張った。

「わたしもテスト勉強してくるね」

部屋にもどって、教科書を開いた。算数から数学と名前を変えた教科書は、小学校のころよりもぐんと厚く、見るだけでうんざりする。

中学校に入ってから勉強が楽しいなんて、一度も思ったことがない。なんのために勉強しているのかも考えたことがない。

学校に行くのが当たり前で、勉強はしなきゃいけないことで、それが幸せだなんて、この先どんなに努力《どりょく》しても考えられないと思う。

それに比べれば、ただ学校に行って勉強できる、そのことだけで満足《まんぞく》できるおばあちゃんのほうが、幸せなのかもしれない。

六　昼間の顔

「やっぱり年ってことだよねえ」

駅から学校に向かう道でおばあちゃんは何度もため息をついた。今日、お母さんが午前中仕事を休んで、おばあちゃんを病院に連れて行った。怪我《けが》をしてからもう二週間。若い人ならとっくの昔に治っているところなのに、おばあちゃんはまだあまりよくなっていなかったらしい。まだまだ杖《つえ》が必要《ひつよう》ということだった。

「いつまでもゆうなの世話になってて、申《もう》し訳《わけ》ない」

おばあちゃんは、何回も言った。

「いいの、いいの。夜間中学、楽しいし。それに、わたし、最近、新たな勉強方法に気づいたんだよ」

「新たな勉強方法って?」

「英語ペラペラな人、発見したの。わからないことはその人に聞けばいいの」

英語ペラペラな人。それは、カルロスだ。

フィリピンではタガログ語という言葉を使うのだけれど、学校の授業では英語を使うのだそうだ。

「すごいね、学校に行ってるうちに、みんな英語が話せるようになるんだね」

感心すると、カルロスは、

「でも、ぼくは、小学校だけしか行っていないから、あまり上手じゃない」

ちょっと、恥《は》ずかしそうな顔をした。

「じゃあ、カルロスは中学に入るときに、日本に来たの？　お父さんの仕事の都合？」

と聞くと、

「お父さんはいません。お母さんが、日本で働いていて、お金が貯《た》まったから日本においでと言ってくれました」

日本に来るまでは、親戚《しんせき》の家に預けられていたらしい。

「じゃあ、日本に来てから、中学に入ったの？」

小学校を卒業していたなら、中学には入れるはずだ。でも、カルロスは、

「中学は、ここ」

と笑《わら》うだけで、くわしいことは教えてくれなかった。

学校に行ってすぐH組をのぞいた。でも、教室の中に、カルロスの姿《すがた》はなかった。いつもなら、もう来ている時間だった。

お休みだろうか。前日の様子を思い出しても、とりたてて体調が悪いということもなさそうだった。

二時間目の始まる前にものぞいたが、やっぱり来ていなかった。

しかし、給食の時間になって食堂に行くと、ちゃっかり座っているではないか。わたしは、そばまで行って、

「カルロス、遅刻《ちこく》」

と冷やかした。

「なにしてたの？　もしかして、寝《ね》てた？　わたしもこの前遅刻しそうになったんだよ。寝《ね》坊《ぼう》しちゃって。あ、昼間の中学のことだよ」

調子に乗ってしゃべっていたら、カルロスはめずらしく元気のない声で言った。

「シゴト、いそがしくて、終わらなかった」

シゴト？　頭の中で仕事と変換《へんかん》されるまでに数秒かかった。

「カルロス、仕事してるの？」

カルロスはうなずいた。

「コウジョウ」

聞いてみると、となり町の自動車部品工場で働いていた。

「ぼく、だい2はんのハンチョウさんになりました」

誇《ほこ》らしげな口調だった。

「ハンチョウさん、えらいよ。カルロス、えらばれた。シゴトがていねいで、きちんとしてるって」

アンドレが自分のことみたいにうれしそうに教えてくれた。同じ工場で働いているらしい。いつもいいかげんなカルロスにそんな面があるなんて意外だった。なにより、カルロスが昼間働いていること自体、予想もしてなかったのだ。

食堂を出るとき、間瀬《ませ》先生に、

「この学校にいる人って、仕事をしている人もたくさんいるんですか？」

とたずねたら、

「ほとんどそうですよ。みんな、昼間は働いて、夜学校に来るんです」

と、説明してくれた。

大人の人がほとんどだから、当たり前といえば当たり前なのに、考えたこともなかった。学校に通って来ている人は、みんな学生だけしてるんだと思ってた。間瀬《ませ》先生は、

「美織《みおり》さんも、昼間は働いているんですよ」

と教えてくれた。

考えてみれば、わたしが昼間は中学校に通っているように、みんなだって、昼間の顔があるのだ。今、ここにいる姿《すがた》がすべてじゃない。

B組の教室にもどって、

「ミオちゃん、昼間なんの仕事してるの？」

と、聞いてみた。ミオちゃんは、「あれ、ばれちゃった？」という顔をして、

「お好み焼き屋さん」

照れくさそうに教えてくれた。

「偉《えら》いね。昼間働いて夜勉強するなんて」

お世辞でもなんでもなく、本当にそう思った。ミオちゃんは、

「偉くないよお」

顔を赤くした。

「わたしね、夜の中学はいいんだけど、昼間は、ダメだったの。なにやってものろいから、ついていけなかったんだよ。みんなから、早く早くって言われると、どうしていいかわからなくなっちゃってぇ。でねえ、学校に行けなくなっちゃったのぉ」

いつものように、のんびりした口調だったけれど、内容《ないよう》は深刻だった。

「でも、中学って行かなくても卒業はできるんでしょ？」

蕾《つぼみ》から聞いた話を口にすると、

「うん。そうみたい」

ミオちゃんは、くったくなくうなずいた。

「でも、担任《たんにん》の先生がね、夜間中学のことを教えてくれたの。『ミオ、中学時代、やり直すか？』って。だから、やり直しの旅なの」

ミオちゃんは、じゃーんと手を広げた。

「だから、昼間はお好み焼き屋さん、夜は中学生なのだあ」

ふと気がつくと、和真《かずま》が、こちらを見ていた。わたしとミオちゃんの会話を聞いていたようだ。なにか言いたげな顔をしていたが、なにも言わなかった。

先生は、ミオちゃんが仕事をしているとは教えてくれたが、和真《かずま》のことは言わなかった。和真は、仕事をしていないのかもしれない。「卒業さえさせてくれたら、すぐ高校卒業認定《にんてい》の試験《しけん》を受ける」と言っていたから、もしかしたら塾《じゅく》かどこかに通っているのかもしれない。聞いたところで素直《すなお》に教えてくれるはずもない。いやなことを言われるのは目に見えている。和真には関わらないでおこう。

そう思っていたのに、ひょんなところから和真の謎《なぞ》に近づいてしまった。


中間試験の最終日。この日は、四時間試験が終わると、給食、下校だった。学校が早く終わったので、朋美《ともみ》、蕾《つぼみ》と買い物に行こうということになった。最近、桜台駅の近くにおしゃれな雑貨屋《ざっかや》さんができたのだ。桜台は、ほとんど住宅で、あるのはせいぜい食料品を扱《あつか》うスーパーとコンビニくらいだ。だから、そんなお店ができたのは画期的だった。べつに買いたいものがあるわけではないけれど、一度は行っておかなければと三人で話していた。

お店は三階《がい》建てで、一階はレンタルビデオのお店。二階が雑貨屋で、三階が本屋だった。

雑貨屋さんは、アクセサリーがたくさんそろっていて、おしゃれな蕾は、よだれを垂《た》らさんばかりだった。

「このピアス、めちゃかわいい」

耳に穴《あな》も開いていないのにピアスを選び始めた。

「ツボちゃん、穴開けるの？」

朋美が聞くと、

「夏休みに開けようかと思ってる」

衝撃的《しょうげきてき》な計画を発表した。

「穴って開けていいの？　オニバンにしかられない？」

生徒指導《せいとしどう》の判《ばん》先生は、耳に開いた小さな穴だってきっと見逃《みのが》さないと思う。でも、

「穴開けるのって、違反《いはん》なの？　開けるくらい、いいんじゃないの？」

蕾は、平然としている。

「ピアスはつけてっちゃダメかもしんないけど、開けるのは自由なんじゃないの」

見解の相違とはこのことだ。そういう解釈《かいしゃく》もあったのか。

でも、痛《いた》がりのわたしにはピアスの穴は開けられそうにない。蕾の横で、ペンダントをながめていたときだ。横のエスカレーターから見覚えのある顔が下りてくるのが目に入った。

和真《かずま》だ！　意外すぎて二度見した。本を買ってきたのだろうか。手に紙袋《かみぶくろ》を抱《かか》えている。

和真は、わたしには全く気づかない。足下だけを見て、エスカレーターを駆《か》けおりている。だれかから逃《に》げているのかと思ったけれど、だれも追いかけては来ない。二階《かい》から一階への

エスカレーターも、走りおりていった。

なんであんなに急いでいるんだろう。

こんなところで会うということは、もしかして近所に住んでいるのだろうか。

夜間中学の生徒《せいと》たちには、徒歩通学の人はほとんどいない。たいてい電車かバスか自転車だ。その中で和真だけが、門の前まで車で送ってもらっていた。

気づかなかったけれど、このあたりに住んでいるのかもしれない。桜台中学の出身だということもあり得る。

和真が下りていったエスカレーターをぼんやりながめていたら、

「どうした？　だれかいた？」

朋美《ともみ》にたずねられた。

「ううん」

首を振《ふ》ったとき、ふとひらめいた。

朋美のお兄ちゃんなら、和真のこと、知っているかもしれない。

「ともちんのお兄ちゃんて、高校生だよね」

「うん。高校一年」

ということは、和真と同い年だ。

「あのさ、お兄ちゃんに、斉藤《さいとう》和真って子知らないかって聞いてみてくれないかな」

「いいけど……。だれ、そのサイトウカズマって。かっこいいの？」

「なになに、ユウナ、好きな人いるの？」

耳ざとい蕾《つぼみ》が、乱入《らんにゅう》してきた。

「違《ちが》う違う。全然、全く、違う」

渾身《こんしん》の力をこめて否定《ひてい》した。

「ちょっと、知りたいだけ」

「それが、ラブってことじゃないの？」

蕾はしつこい。なんでも恋《こい》の話にしたいのだ。

朋美は、笑《わら》いながら、

「聞いとく」

と、言った。

その日の夕方、学校に行くと、和真《かずま》は雑誌《ざっし》を読んでいた。「ビッグバン」という文字が見える。宇宙《うちゅう》関係の雑誌だろうか。今日買ったのは、あれかもしれない。「今日、見たよ」と言ったら、どんな反応をするだろう。チラリと頭をかすめたが、やめた。声をかけたら、絶対毒《ぜったいどく》のある言葉が返ってくるに決まってるのだ。

そういえば、和真がだれかと話している姿《すがた》を見たことがない。休み時間も雑誌を読んでるか、机《つくえ》に突《つ》っ伏《ぶ》しているだけだ。

友だちなんていないのかもしれない。

一時間目の授業は国語だった。いつもなら宿題を始めるのだけれど、今日までテストだったから宿題は出ていない。図書室に行こうかなあと思いながら、ぼんやりと授業をながめていた。

今日は、漢字の意味の勉強をしていた。漢字にはそれぞれ意味があると先生は言って、黒板に大きく、「幸」と書いた。

ハッとした。おばあちゃんの名前だ。

「幸というのは、幸せとか幸いとかいう意味です。読み方は、名前以外のときはたいていコウと読みます。幸福、幸運、」

先生がそこまで言ったとき、

「せ、先生」

おばあちゃんは、小さく手を挙げた。

「本当ですか？　わたしの名前」

「幸《さち》さんの名前？」

先生は、首を傾《かし》げた。

「わたしの名前には、そういう意味があるんですか？」

おばあちゃんは、信じられないことでも起こったように、黒板を見つめている。

「そうですよ、幸さん。幸さんの名前には幸せという意味があるんですよ。きっとご両親が、幸せになるようにという思いをこめてつけられたんですね」

先生が話しているうちにも、おばあちゃんの肩《かた》は震《ふる》え始めた。泣いてる？

「どうしたの？　おばあちゃん」

わたしは、席を立っておばあちゃんの横にしゃがみこんだ。のぞきこむと、おばあちゃんは、涙《なみだ》をてのひらでこすっている。

「もしかして、知らなかったの？　自分の名前の意味」

おばあちゃんは、うなずいた。

おばあちゃんの目からは、次々と涙がこぼれてくる。先生は、静かにおばあちゃんを見つめている。

「そんないい名前をもらってたんですねえ。あたしの親は、あたしが生まれたとき幸せになるように願ってくれたんですねえ」

わたしは、カバンからハンカチを出しておばあちゃんに渡した。

「本当は親を恨《うら》んでたんですよ」

おばあちゃんは言った。

「本当に、ただただ生きることだけに必死で、優《やさ》しい言葉もなければ、抱《だ》きしめられることもなく、かわいがられた記憶《きおく》もない。けど、幸せなんていう意味の名前をつけてもらってたんですねえ」

「名前は、子どもに最初に贈《おく》るプレゼントですから。だれの名前にも親の気持ちがこもっているんですよ」

そう言って先生は、松本さんを見た。

「松本さんの名前は、太一」

「太」と「一」を並べて書いた。

「太は、豊かで大きいという意味があります」

「金持ちになるように『太』をつけたそうだ」

松本さんが、低い声で言った。

「なるほど。で、松本さんは長男ですか？」

今度は、黙《だま》って首を縦《たて》に振《ふ》った。

「すごい。先生、探偵《たんてい》みたい」

ミオちゃんがうれしそうに言うと、

「そりゃ、わかるだろ、だれでも」

和真《かずま》は、鼻で笑《わら》った。

「じゃあ、先生、わたしは？」

和真の言葉を見事に聞き流して、ミオちゃんはたずねた。

「美は知ってるよ。美しいって意味だよね」

「そうですよ」

「織は？」

先生は、黒板に「織」と書いた。

「いとへんがついているから、布に関係しているんです。これはね、機織り機で布を織るという意味があるの」

「布を織る？」

「ほら、鶴《つる》の恩返《おんがえ》しのお話、知らないですか？」

「あっ！　知ってる！」

ミオちゃんは、子どもみたいな声をあげた。

「美しく織る。または、美しく織られた布。そんな意味かしら」

「つまんねえ意味」

和真《かずま》が吐《は》き捨てるように言った。ミオちゃんの顔が、たちまち曇《くも》った。

「そんなことないですよ。織るっていうのは、よく人生にたとえられるんです。縦《たて》の糸が横の糸と出会い模様《もよう》を作っていく様は人生そのものだって。だから、美織《みおり》さんの名前には、美しい人生を送ってほしいという願いがこめられていると思います」

ミオちゃんの表情《ひょうじょう》がぱあっと明るくなった。ミオちゃんてわかりやすい。

「和真くんの名前は『和』と『真』」

今度は黒板に、「和」と「真」の文字が加わる。

「和は、平和の和。心が和《なご》むとか、みんなで仲良くするという意味ですね」

思わず吹《ふ》き出しそうになった。

全然、名前と違《ちが》う。自分でもそれを感じたのか、和真は唇《くちびる》をとがらせている。

「真は真実。すてきな名前ですね」

先生はさらに、「優《ゆう》」と「菜《な》」を書いた。

「え？　わたし？」

思わず声をあげた。

「自分で知ってますか？」

先生に聞かれたので、答えた。

「優は、優《やさ》しい。菜は、春に生まれたから菜の花の菜」

先生は笑顔《えがお》でうなずいた。

「先生、その字、もう少し大きく書いてください」

おばあちゃんが、突然《とつぜん》言いだした。

「書き順も、もう一回お願いします。孫の名前、覚えたいんです」

おばあちゃんは、わたしのほうを振《ふ》り返って、

「おばあちゃん、ゆうなの名前、ずっと書きたかったんだよ」

と言った。

先生は、ていねいに、「優《ゆう》」と「菜《な》」の字を大きく書いてくれた。指《ゆび》を出して、書き順もくり返してくれた。

おばあちゃんだけじゃなくて、松本さんもミオちゃんも、プリントに「優菜」と何度も書いてくれた。なんだかくすぐったい。

その日の帰り道、おばあちゃんは、

「よかった。本当に学校に来た甲斐《かい》があった」と言った。

「親に幸せになるようにと思ってもらえていただけで、満足《まんぞく》だ」

「優菜の名前が、漢字で書けるようになった」

何度も何度も同じことをくり返していた。

「これからは、優菜を呼《よ》ぶときには、漢字で呼べる」

おばあちゃんが、変わったことを言いだした。

「呼ぶのに漢字もひらがなもないじゃん」

と笑《わら》ったら、

「あるよ。今までゆうなと呼ぶときは、頭の中ではひらがなだったんだ。これからは、漢字を思い浮《う》かべて呼べる」

言っていることは、なんとなくわかった。わたしも、蕾《つぼみ》を呼ぶときは「ツボちゃん」とカタカナで、朋美《ともみ》は「ともちん」とひらがなで呼んでいる気がする。声にする言葉にも文字はついているものなのかもしれない。

わたしの名前の書き方、この前、教えてあげればよかったと思った。本気でそんなことを考えているなんて思わなかった。

おばあちゃんが、親に愛されていると思っていなかったということも、初めて聞いた。よく考えてみると、わたしはおばあちゃんのことを、あまりわかってはいなかったのかもしれない。

字が読めないと知ったのも、数ヶ月前だ。三年間も学校に行こうかどうしようか迷っていたことだって、ずっと気づかなかった。おばあちゃんが、こんなに真面目《まじめ》な勉強家ということだって、つい最近まで知らなかった。

ずっといっしょに暮《く》らしてきたけれど、知らないことだらけだ。

目の前に見えることしか見ていなかった。見えない部分の姿《すがた》や、心の中に思いをはせることなんてなかった。

「漢字、忘《わす》れたらいつでも聞いて。わたし、何回でも書くよ」

わたしは、おばあちゃんの手をぎゅっとにぎりしめた。

七　サイトウカズマ

「わかったよ。サイトウカズマ」

朋美《ともみ》は、わたしの腕《うで》をつかむと教室の隅《すみ》に引き寄《よ》せた。

「お兄の同級生だった」

「ホント？」

息を呑《の》んだ。

「五年のとき、同じクラスだったんだって。でも、一学期で学校に来なくなったって言ってた」

「不登校だったってこと？」

やっぱり……という思いが胸《むね》をよぎった。

「理由は？」

朋美は言いにくそうに声をひそめた。

「いじめられたみたい」

いじめられてた？　背筋《せすじ》がすっと冷たくなった。

「お兄が言うには、もともと浮《う》いてたっていうか、イヤなやつだったっていうか。こう、みんなをバカにするみたいな」

それは……想像《そうぞう》できる。

朋美《ともみ》の話では、クラスのボスみたいな子が、みんなを誘《さそ》って、靴《くつ》をかくしたり、トイレに閉《と》じこめたりしたのだそうだ。和真《かずま》は、担任《たんにん》の先生に言いつけたりもしたけれど、クラスの中に「あいつはいじめられてもしかたない」という雰囲気《ふんいき》があったらしい。先生もみんなの前で「いじめられるほうにも責任《せきにん》がある」と言ったのだそうだ。結局いじめはなくならず、和真は五年の一学期の終わりから不登校になった。小学校の卒業式も出なかったらしい。

「中学は？」

「中学は、初めから来なかったってことしか言ってなかった。そういえば、二年でも三年でも顔見なかったとか、転校してたのかもなあって」

覚えられてもいなかった。

和真の存在《そんざい》は、なかったことにされていたのだ。

あんまりだ。

いじめられて不登校になったのに、みんなの記憶《きおく》から消されているなんて。和真はお世辞《せじ》にも人から好かれるタイプとはいえないけれど、それでもかわいそうだ。

「サイトウカズマのこと気になるなら、先生に聞いてみたら」

朋美がなにを言おうとしているのか、わからなかった。

「うちらの担任、サイトウカズマの学年だよ。担任だったかどうかわかんないけど」

「え？　シュウちゃん先生？」

「うん。去年三年生担任してて、今年一年生に下りてきたんだもん」

ようやく意味がわかった。去年、三年を担当していたシュウちゃん先生なら、なにか知っているかもしれないと言いたいのだ。

「そうか」

わたしがうなずくと、朋美はのぞきこむようにしてたずねた。

「でさ、なんでサイトウカズマなの？」

どきっとした。でも、聞かれたときのために、答えは準備《じゅんび》してあった。

「ちょっと、ある人から聞かれて。でも、たいしたことじゃない」

そんな言い訳《わけ》が、はたして通用したのかどうかはわからない。でも、不登校の男の子のことなんて、朋美《ともみ》だってそんなに興味はなかったのだろう。「ふうん。なあんだ」で終わってくれた。

「ちょっと、またこんなとこに、カバン置いてる！」

蕾《つぼみ》が大声を出しているのが聞こえた。見ると、上村くんの席の横で蕾がカバンを持ち上げていた。

「これ、飯尾《いいお》くんのカバンでしょ。ちゃんとロッカーに入れなさいよ」

「いいじゃん。あいてるんだし」

名指《なざ》しされた飯尾くんは、ぶつぶつ言いながらカバンを受け取った。

最近、上村くんの席は、よく物置台にされている。先生が気づけば注意してくれるのだが、ひどいときは帰りまでそのままだ。

蕾は、それが気になるようで、しょっちゅう怒《おこ》っている。

「おまえ、上村なんて顔も知らねえだろが」

桜台小学校出身の飯尾くんが、からかうように言った。

「知らないけど……。でも、べつにそんなこと関係ないじゃない」

「そうだよ」

「人の机《つくえ》にものを置いちゃいけないんだよ」

わたしと朋美も、蕾に加勢《かせい》した。飯尾くんは、

「はいはい」

不満《ふまん》げな顔で、カバンをロッカーにしまった。しまいながら、

「こんな机、片づけちゃえばいいのに」

とつぶやくのが聞こえた。

入学以来一度も登校していない上村くんの机は、たしかに邪魔《じゃま》だった。掃除《そうじ》のときは、だれかが代わって動かさないといけないし、グループで学習するときも、給食のときも、だれかが向きを変えないといけない。

「フリースクールに行ってるなら、片づけてもいいのかもしれないけどね」

朋美が言った。蕾がすかさずたずねた。

「でも、それって塾《じゅく》みたいなものなんでしょ？　転校じゃないんでしょ？」

「うん。たぶん」

朋美自身、それほどくわしいわけではないのだ。

「じゃあ、学校に来たとき、机《つくえ》がなかったらまずいじゃん」

蕾《つぼみ》の言うとおりだ。

おばあちゃんも子どものころ、たまに学校に行っても席がなかったと言っていた。それがいちばんイヤだったって。

仮に上村くんがこのまま来なくても、机を片づけてしまったら、上村くんがこのクラスにいること自体みんな忘《わす》れてしまうと思う。和真《かずま》が、この学校にいたことすら忘れられているように。

「でもさ、べつにフリースクールとか行かなくても、卒業できるんだよね。だったら、そんなとこ行かなくていいのにね」

朋美《ともみ》は、自分だったら行かないのに、とつけ加えた。蕾が、あきれた顔をした。

「家にいたってつまんないじゃん。友だちもいないしさ」

「けど、フリースクールに行ったって、友だちができるわけじゃないと思うよ」

朋美は、「ねえ」とわたしのほうを見た。

「どうなんだろう」

フリースクールに何人くらいの人がいるかはわからないが、なんとなく友だちをつくりに行く場所ではない気がする。

「なんのために行くんだろうねえ」

朋美は、「学校を休んでいるのに、フリースクールに行く」ということが理解できないようだった。

「まあ、学校っぽいものを求めてって感じじゃないの？」

というのが、蕾の意見だった。

「そうかなあ」

朋美は、納得《なっとく》できないようだ。

上村くんとは、不登校になる前から、親しく話したことはなかった。なんとなく真面目《まじめ》な子だった印象《いんしょう》しかない。なぜ不登校になったのかは、わからない。いじめられていたわけではないと思う。でも、夜間中学に来ているみんなに、それぞれ中学校に通えなかった理由があるのと同じように、上村くんには上村くんにしかわからない理由があるんだ。

夜間中学のみんなの姿《すがた》を思い出したら、

「勉強したいのかもね」

自分でも気がつかないうちに、そんなことを口走っていた。

「勉強したい?」

朋美《ともみ》がポカンとした顔でわたしを見た。

「勉強したいなんて思う人、世の中にいるの?」

「ユウナ、真面目《まじめ》!」

蕾《つぼみ》も朋美も笑《わら》った。

「ホント、真面目だねえ、ユウナは」

勉強したい人、いるよ。喉《のど》まで出かかった。

夜間中学の人たちは、本当に勉強したくて学校に来ている。でも……。

頭の中に再び和真《かずま》の顔が浮《う》かんだ。

和真は、どうなんだろう。

蕾の話から考えれば、卒業させてもらえなかったなんてことがあるとは思えない。ミオちゃんは、自分で「やり直しの旅」に出ることにしたと言っていた。卒業する、しないは、自分で決めるのではないだろうか。だとしたら、和真もわざと「卒業しなかった」のではないか。いつも、「早く卒業させろ」と言っているのは、もしかしたらポーズなのかもしれない。本当は、なにか目的があって、夜間中学に来ているのかも。

帰りのホームルームのあと、シュウちゃん先生を追いかけて、職員室前の廊下《ろうか》で呼《よ》び止めた。

「聞きたいことがあるんですけど」

シュウちゃん先生は、足を止めて、わたしのほうにむき直った。

「あの……斉藤《さいとう》和真くんって知ってますか？」

「斉藤和真？」

先生は、不思議そうな顔でわたしを見た。

「知ってるよ。去年、先生のクラスだったから」

担任《たんにん》だったんだ！

「和真がどうした？」

質問《しつもん》する立場が入れ替《か》わっていた。

「なんで、おまえ、和真を知ってるんだ？」

「学校で……」

「学校？」

ここまで聞かれたら、話すしかない。わたしは、おばあちゃんのつきそいで行った夜間中学で、和真《かずま》に会ったことを正直に話した。

「中学校って、一日も来なくても卒業できるんですよね？　本人の将来《しょうらい》を思ってとかなんとかで。でも、なんで和真くんは卒業しなかったんですか？」

今度はわたしが聞いているのに、先生は、

「そうか。和真は夜間中学に行ってるのか」

と、ひとりごとみたいにつぶやいてる。

「そうです。で、なんで卒業できなかったんですか？」

「和真は元気か？」

先生はわたしの問いかけを無視《むし》してたずねてくる。

「元気ですよ。憎《にく》たらしいけど」

「そうか」

「で、なんで」

「毎日来てるのか？」

「来てますよ。態度《たいど》悪いけど」

「そうか、そうか」

先生はうれしそうだ。

「先生、わたしの質問は……」

「いい情報《じょうほう》を教えてくれてありがとう！」

先生は、わたしの肩《かた》をバンバンたたいた。そして、なにも答えてくれないまま、さわやかな笑顔《えがお》で去《さ》って行った。

な、なんだ、あの先生は。

前に朋美《ともみ》が言っていたっけ。「シュウちゃん先生は、人の話を聞かない」って。これか。こういうことなのか。

結局、和真がなぜ夜間中学に来たかはわからなかった。

八　爆発《ばくはつ》

その日、夜間中学に行くと、和真《かずま》は自分の席でまた昨日《きのう》の雑誌《ざっし》を読んでいた。

和真は、だれとも仲良くはしないけれど、学校にはきちんと来る。少なくとも、わたしが来るようになってからは一度も休んでいない。いじめるヤツがいないから、夜間中学には来られるのかもしれない。

そんなことを考えていたせいか、わたしは知らず知らずのうちに、和真をじっと見ていたようだ。

「見るなよ」

にらまれた。

「見てないよ」

「見てただろうが」

たしかに見ていたんだと思う。とっさに、

「あんたじゃなくて、その雑誌を見てたんだもん」

とごまかした。

「それって昨日買ったんでしょ？」

言うつもりはなかったのに、話の流れでつい口に出た。

「あんたは気づかなかったみたいだけど、わたしもあの店にいたんだよ」

たいした話じゃないと思ったのに、和真の顔が火を噴《ふ》きそうな勢《いきお》いで赤くなった。

和真は、読んでいた雑誌を床《ゆか》に投げつけた。

「ぼくは行きたくなかったのに、母さんが自分で買って来なさいって言うから、しかたなく……しかたなく……」

和真の体は、見てわかるくらい震《ふる》えていた。

でも、なんで興奮《こうふん》しているのか、全くわからなかった。わたし、ひどいことを言ったっけ？

あっけにとられていると、先生が入って来た。和真は、顔を赤くしたまま前を向いた。

「はい」

床に落ちた雑誌を、ミオちゃんがひろって渡した。和真は、黙《だま》って受け取ると、机《つくえ》の中に押《お》しこんだ。肩《かた》で大きく息をしている。

さっきの会話のどこがいけなかったのだろう。わたしは、いつ地雷《じらい》を踏《ふ》んだのだろう。喧《けん》嘩《か》を売るつもりなんてなかったのに。怒《おこ》らせるようなことを、言った覚えもなかった。

「今日は、にんべんの漢字を集めてみましょう」

国語の時間が始まった。先生に言われてみんなプリントににんべんの漢字を書き始めた。和《かず》真《ま》も書きだしたので、ほっとした。落ち着いたみたいだ。

おばあちゃんは、

「ふたつしか思い出せない」

と言った。

「では、そのふたつを書いてください」

先生に指名《しめい》され、おばあちゃんは黒板の前に出た。黒板に「何」と「仏」とを書いた。ほうと思った。この前まで、自分の名前すら漢字で書けなかったのに、すごい進歩だ。

次にミオちゃんが出て、「付」「仁」「仕」「作」「代」と書いた。

その後、黒板の空いてる場所を半分に分け、和真と松本さんが同時に書きだした。

「佳」「佐」「仲」「化」「仮」「価」「伸」「任」「体」「低」、ふたりともどんどん書いていく。

「ふたりとも、すごいねえ」

ミオちゃんは、感心している。おばあちゃんは、黒板に書かれた文字を必死に書き写している。

二十を超《こ》えたあたりから、和真のスピードが落ち始めた。首を傾《かし》げたり、頭をたたいたりして思い出しては書いていたが、ついにピタリと手が止まった。

松本さんは、ギッギッと力強く書き続けている。「佃」「侘」「伽」「仔」「侑」「俟」。わたしには読み方もわからないような漢字を、松本さんは黙《もく》々と書いていく。和真は、不服そうにながめていたけれど、松本さんが「侃」と書くと、

「そんな字、ねえだろ」

大声を出した。

「じじい。ずるいぞ。適当《てきとう》に書いてるだろ」

松本さんは、一瞬《いっしゅん》手を止めたけれど、すぐに「侠」「佚」と続けた。和真がイライラした声を出した。

「だから、そんな字、ねえだろ。見たことない！」

「ありますよ」

間瀬《ませ》先生が漢和辞典を開いてさし出した。でも、和真《かずま》の目には入っていない。和真は、松本さんのほうがたくさん書いているのがおもしろくないのだ、きっと。そんなのどうだっていいのに。

「ずるいぞ。変な字ばっかり書きやがって」

「和真くん、やめなさい」

先生は和真を止めようとしたけれど、できなかった。

「じじい、ずるいぞ」

和真の目が血走っている。

「昔の字だ」

松本さんは、静かに言った。

「こんなのは、書けなくてもいいんだ」

「なんだと！」

和真は、悲鳴のような声をあげた。

「ぼくをバカにするのか」

「してない」

「やめなさい、和真くん」

和真、松本さん、先生の声が混《ま》ざり合う。ミオちゃんは、両手で耳を押《お》さえた。

和真が叫《さけ》んだ。

「じじいのくせに学校なんて来るな！」

「いいかげんにして！」

わたしは、立ち上がった。

「そんなんだから、いじめられるんだよ！」

教室の中がいっぺんにシンとなった。赤かった和真の顔が、すうっと白くなったのがわかった。

わたしは口を押さえた。でも、投げつけてしまった言葉は、もうもどせない。

和真は、さっきまでの勢《いきお》いが嘘《うそ》のように口を閉《と》ざした。すとんと力が抜《ぬ》けたように椅子《いす》に腰《こし》かけると、机《つくえ》に突《つ》っ伏《ぶ》してしまった。

「和真くん」

先生が、そっと声をかけたけれど、背中を丸めたままだ。

おばあちゃんも松本さんもミオちゃんも、黙《だま》っている。

どうしよう。取り返しのつかないことをしてしまった。

「保健室で少し休もうか」

間瀬《ませ》先生は、和真《かずま》の腕《うで》をとった。和真は引っ張られるままに立ち上がり、教室を出て行った。うつむいたままだった。

ふたりが出て行くと、教室はがらんとなった。

「おばあちゃん、どうしよう」

泣きそうだった。

おばあちゃんも言葉をなくしている。

「ユウナは悪くないよ。悪いのは、和真くんだもん」

ミオちゃんは、わたしの味方をしてくれた。松本さんは、腕組《うでぐ》みをして考えている。

先生は、しばらくするともどってきた。

「和真くんは？」

ミオちゃんが聞くと、

「しばらく保健室で休むそうです」

と言った。

「松本さん、申《もう》し訳《わけ》ありませんでした」

先生は松本さんに頭を下げた。

「いや、先生に謝《あやま》ってもらわなくても」

と、松本さんは言ったけれど、先生は首を振《ふ》った。

「いえ、和真くん、今日少し様子がおかしかったのに、こんな競争《きょうそう》のような授業で、彼《かれ》を刺《し》激《げき》してしまったわたしのミスです」

和真の様子がおかしかったのは、わたしが原因《げんいん》だ。姿《すがた》を見かけたことを話したときから、あきらかに普通《ふつう》じゃなかった。そして、わたしは、それに気づいていたくせに追い打ちをかけてしまった。

「先生、わたし」

わたしが口を開くと、

「優菜《ゆうな》さん、授業が終わったら図書室に来てください」

先生は言った。

チャイムが鳴ってから、図書室に行った。

机《つくえ》をはさんで、先生はわたしの顔をじっと見た。

「すみませんでした」

先生の顔をまともに見ることができなかった。

「優菜《ゆうな》さん、よく聞いてね」

先生は静かな声で言った。

「あなたも知っているとおり、夜間中学にはいろんな人が来ています。みんな、なんらかの事情《じじょう》で中学生活を送ることができなかった人たちです。事情は人それぞれだけど、中には人に言えない傷《きず》を抱《かか》えている人もいるの。傷を抱えながら、立ち上がろうとしている人もいるのよ。だからね、その傷を踏《ふ》みつけるようなことはしてほしくないの」

「は……い」

声がかすれた。自分がなさけなくて、消えてしまいたかった。

「あなたが、和真《かずま》くんの事情をどの程度《ていど》知っているのかわからないけれど、そのことで和真くんを傷つけてしまった以上、もう、ここに来てもらうわけにはいきません」

ドクン。心臓《しんぞう》が大きく波打《なみう》った。

「ここは、和真くんの大事な居場所《いばしょ》なの。そして彼《かれ》を守ることが、わたしの仕事です」

先生は、きっぱり言った。

「ごめんなさい。もうしませんから」なんて安っぽい言葉で、許《ゆる》してもらえるはずがないことは理解できた。

図書室を出ると、ミオちゃんとおばあちゃんが廊下《ろうか》で待っていた。なぜだかカルロスまで来ていた。

「先生、なんだって？」

おばあちゃんが、心配そうにたずねた。

「もう、ここに来てもらうわけにはいかないって言われた」

「ええっ！」

おばあちゃんとミオちゃんが、同時に声をあげた。

「おばあちゃん、ごめん。おばあちゃんも通って来られなくなっちゃう」

わたしが来られないということは、おばあちゃんも来られなくなるということだ。

でも、おばあちゃんは、そのことについてはなにも言わなかった。

「あんたが謝《あやま》らなくちゃいけないのは、あたしじゃないだろ」

それで、我《われ》に返った。そうだ。わたし、和真に謝らなきゃ。

「ゴメンナサイ言おう」

カルロスが言った。

「きっとゆるしてくれる」

カルロスは先頭に立って、保健室に向かった。

和真《かずま》は、ベッドで、頭から布団《ふとん》をかぶって丸くなっていた。そろそろと近づいて、

「あ、あの」

声をかけたとたん、布団がびくっと動いた。

「ごめんなさい」

声が届くようにベッドの脇《わき》にしゃがみこんだ。

「ひどいこと言ってごめんなさい」

「和真くん、イヤな思いをさせてしまって、ごめんなさいね」

おばあちゃんも謝《あやま》ってくれた。

「なんで……」

布団の中から声が聞こえた。

いじめにあっていたこと、なんでわかったってことかな?

「友だちのお兄さんが、和真……くんの同級生で。それで、いろいろ聞いちゃった。でもね、話を聞いて、いじめたやつらがひどいって思ったよ。わたしだって、そんなことされたら不登校になっちゃうと思う」

そのとたん、

「違《ちが》う！」

和真は、叫《さけ》んだ。

「ぼくは、いじめられて不登校になったんじゃない。ぼくのほうから捨てたんだ。担任《たんにん》もクラスのやつらもクズばっかりだったから、ぼくがやつらを捨てたんだ」

なんて返事をしたらいいのかわからなかった。

「もう学校に行く必要《ひつよう》なんてなかったんだ。それなのに……」

和真の呼吸《こきゅう》が荒いのが、布団を通してもわかる。

「母さんが泣くから……」

お母さんが泣くから……。

おばあちゃんが、杖《つえ》をつきながらベッドに近づき、布団に手を伸ばした。

「それで、ここに来たんだね」

おばあちゃんは、布団《ふとん》の上から和真《かずま》をそっとなでた。

「いい子だねえ、あんたは」

何度も何度も、「いい子だ」とくり返しながらおばあちゃんは、布団をさすった。

押《お》し殺すような泣き声が、布団の中から響《ひび》いてきた。

わたしは、バカだ。

なにやってるんだろう。なんで朋美《ともみ》に和真のことを調べてもらったり、シュウちゃん先生に聞いたりしたのだろう。

なんで卒業できなかったかなんて、わたしが知る必要《ひつよう》ないのに。野次馬根性で、あれこれ調べて。なにが知りたかったっていうんだろう。和真の傷《きず》をほじくり出して、どうするつもりだったのか。

本当に、なにも見えていない。

間瀬《ませ》先生の言うとおりだ。和真もおばあちゃんもミオちゃんも、たぶん、カルロスやアンドレやアディティさんだって、なにかしら傷を抱《かか》えてここにいるんだ。

夜間中学は楽しいことばっかり、みんな、明るくて元気で仲良しで……。目に見えるとこだけ見てわかった気になっていた。

わたしは、バカだ。本当にバカだ。

結局和真は、その日は教室にもどって来なかった。お母さんが迎《むか》えに来て、保健室からそのまま帰ったそうだ。

「先生、すみませんでした」

わたしは、先生に頭を下げた。ミオちゃんにも、

「明日から来られないけど、ごめんね」

と謝《あやま》った。

「ご迷惑《めいわく》をおかけしました。足が治るまでお休みさせてもらいます」

おばあちゃんも、先生や松本さんやミオちゃんに頭を下げた。

帰り道は、おばあちゃんもわたしも無言で歩いた。こんな形で終わりになるなんて、思ってもみなかった。

電車に乗りこむといつものようにおばあちゃんを座らせて、前に立った。ガラス窓《まど》にわたしの顔が映っている。イヤな顔してる、わたし。ニュースに出てくる犯人《はんにん》みたいだ。

「だからいじめられるんだよ」とわたしに言われたときの和真の顔を思い出した。すうっと血の気のなくなった白い顔。

傷《きず》つけてしまった。

自分が傷つくのももちろんイヤだけど、他人を傷つけてしまったときの、このどうしようもない気持ちはなんなのだろう。口の中が苦い。頭が、がんがんしている。

時間を巻きもどせたら、和真《かずま》を傷つけてしまう前の時間にもどしたい。

お父さんとお母さんには、どうやって話そう。悩《なや》んでいたら、おばあちゃんが、

「わたしが話しておくから」

と言ってくれた。

「子どもどうしの喧嘩《けんか》は、よくあることだよ」

そんな軽い言い方ですむ話ではないことはわかっていた。だけど、おばあちゃんがわざとそういう言葉を選んでくれているのがわかった。

家に着くと、わたしは、まっすぐに自分の部屋に行った。下から、おばあちゃんの話し声が聞こえてきた。はっきりとは聞こえないけれど、「喧嘩」とか「しかたない」とか言っているのは、わかった。

ベッドに横になっても、和真のことばかり考えていた。

布団《ふとん》に丸まって泣いていた。いじめにあって家に何年も引きこもっていたとしたら、外に

出てくるのはものすごく勇気のいることだったに違《ちが》いない。そんなふうには見えなかったけど、おそるおそる薄氷《はくひょう》を踏《ふ》むような思いで通って来ていたのかもしれない。

その和真を、氷の下の湖に突《つ》き落とすような真似《まね》をしてしまった。

和真が出て来られなかったら、どうしよう。今度こそ湖の奥深《おくふか》くに沈《しず》みこんでしまったら、わたしは、どうしたらいいんだろう。

九　喧嘩《けんか》のあとは

「ユウナ、目が腫《は》れて、人相変わってるよ」

朝、会うなり朋美《ともみ》に言われた。

「ゆうべ寝《ね》てないの？　もしかして」

わたしは首を振《ふ》った。うつらうつらとはした気がする。朝、鏡《かがみ》の中の顔に驚《おどろ》いてあわてて冷やしたけど、あまり効果《こうか》はなかった。

「今日から、部活行くね」

と言ったら、朋美は、

「やった！」

手をたたいて喜《よろこ》んでくれた。

気持ちを切り替《か》えなくちゃと思っていた。悩《なや》んだところで、もうなにもできないのだ。

まず、今日からは、本格的《ほんかくてき》に部活動をする。朋美や蕾《つぼみ》とのつきあいもしっかりして、頭の中から夜間中学のことを消し去《さ》る。

今はまだ重い石の塊《かたまり》が胸《むね》の中にあるけれど、目の前にあることに集中していけば、きっとそれもなくなっていくはずだ。

中間テストが終わり、教室の中は活気づいていた。ひと段落《だんらく》ついたという感じだった。初めての中間テストは勉強の仕方もわからなくて、それなりにみんなプレッシャーだったのだろう。中学生活のハードルをひとつ越えたという安堵《あんど》感が漂《ただよ》っている。

でも、ほっとする間もなく、

「みんなのお待ちかねの結果表を渡す」

学年順位の書かれた結果表をシュウちゃん先生は、うれしそうに配ってくれた。

学年二百二十九人中三十五番。自分で思っていたより、かなりいい成績だった。たぶん、おばあちゃんを待っている間に宿題や自主勉をやっていたことがよかったのだろう。

「アチャー。塾《じゅく》決定だ」

後ろで蕾が悲鳴をあげている。

「成績悪かったら、塾に行くことになってるんだ」

と前に言っていた。

夜間中学は、たぶん学年順位なんてつけないのだろうな。やっていることがみんな違《ちが》うから比《くら》べようがない。

気がつくと、夜間中学のことを考えている自分に、「考えない、考えない」と呪文《じゅもん》のように言い聞かせる。

放課後、久々に吹奏楽部《すいそうがくぶ》に顔を出した。仮入部の時期も終わり、新入部員たちはもう楽器が決まっていた。わたしが希望《きぼう》していたトランペットの枠《わく》は、うまっていた。

先生は、しばらく考えたあと、

「アルトホルンやってみようか」

カタツムリみたいな形の楽器を渡してくれた。

アルトホルンに不満《ふまん》はないけれど、朋美《ともみ》がトランペットを誇《ほこ》らしげに吹《ふ》いているのを見るとうらやましい。出遅《でおく》れたという気分でいっぱいになった。

それでも、やっていればどんどん楽しくはなってくる。パートリーダーの先輩《せんぱい》から、

「うん。なかなかいい筋《すじ》してる」

とほめられると、憂《ゆう》うつな気持ちが、少しだけ晴れた。

部活が終わって、校門へ続く道を朋美と歩いていると、

「ユーナー、ともちーん」

元気な声をあげて、蕾《つぼみ》が走って来た。

「どーん、どーん」

口で言いながら、わたしたちに体当たりすると、

「今日、先輩とお話しちゃった」

うれしそうに報告《ほうこく》した。朋美が、

「もうやめたんじゃなかったの？　原先輩」

と言うと、蕾は、

「今は、高梨《たかなし》先輩！」

高らかに答えた。知らなかった。いつのまにかあこがれの先輩は変わっていたのだ。

「やっぱ、好きな人くらいいないと。毎日が楽しくないもん」

蕾の説によれば、「好きな人」は、明るい中学生活の必須《ひっす》アイテムらしい。

「吹奏楽部は、かっこいい人いないの？」

わたしと朋美は、顔を見合わせた。

「いない……よねえ」

吹奏楽部《すいそうがくぶ》はほとんど女子で、男子は数えるほどしかいない。

「なあんだ。かっこいい人いないのか」

かっこいい人か。蕾《つぼみ》に、一度カルロスを見せてやりたかった。きっと、キャーキャー言っただろう。カルロス、顔はよかったもの。

カルロスのことを思い出したら、ミオちゃん、松本さん、和真《かずま》……と次々に思い出されて、胸《むね》が苦しくなった。

半月ちょっとだったけど、楽しかったなあ。目の奥《おく》が熱くなってきたのを感じて、あわてて首を振《ふ》った。

もう、思い出すの、やめようって決めたのに。

昼間の中学校で授業を受けて、部活動をして、友だちとふざけて。夜は、話題に乗り遅《おく》れないようにテレビを見る。これが本当のわたしの生活。さびしいなんて感じちゃいけない。

家に帰ると、おばあちゃんはいつものように自主勉をしていた。

「休んでる間に、全部忘《わす》れちゃいそうだからね」

昨日《きのう》書いたにんべんの漢字を、一個《こ》ずつ書いている。

「じゃあさ、わたし、プリント作ろうか？　小学校で習う漢字、どんどんやっていけばいいんでしょ？」

「それは助かるねえ」

おばあちゃんがにこにこしているのを見て、またちょっと胸が痛《いた》む。

ちらっと時計を見るともうすぐ六時。一時間目の授業が始まっている。和真はちゃんと来ただろうか。昨日のことが原因《げんいん》で、また学校に来なくなるなんてこと、ないよね？　わたしがいなくなれば来られるよね？

「和真くん、来たかねえ」

おばあちゃんも同じことを考えていたらしい。

もう、忘れようと思えば思うほど、夜間中学のことが気になる。

今日はめずらしくお父さんもお母さんも早く帰って来た。昨日、おばあちゃんがどんなふうに説明したかはわからないけれど、わたしが原因のトラブルで、学校に行けなくなったことはわかっているようだ。たぶん、気を遣《つか》って早く帰って来たのだと思う。

お母さんは、

「四人でごはん食べるの、久しぶりね」

いそいそと魚を焼き始めた。わたしとおばあちゃんが家で夕ご飯を食べないようになってから、我《わ》が家の夕ご飯は目に見えて雑《ざつ》になっていた。買ってきたお総菜《そうざい》と冷や奴《やっこ》とか、冷蔵庫の中のキムチと卵焼きとか、夜間中学から帰って来るとびっくりするような粗食《そしょく》を食べているのを目にした。

「ふたりだとつくる気になれないのよ」

と言っていたお母さんは、今日は張りきっている。焼き魚、肉じゃが、豆腐《とうふ》のお味噌汁《みそしる》に野沢菜のお漬《つ》け物。おばあちゃんの好きなものばかりだ。

八時半。

今日の給食はなんだったのだろう。前に給食の準備《じゅんび》をしているところを見たことがある。夜間中学では、給食当番が配膳《はいぜん》するのではなくて、調理員の人たちが並べてくれていた。

「夜間中学は、時間がなかなかとれないからね」

準備や片づけの時間を調理員さんたちが肩代《かたが》わりしてくれているのだ。黒板には、決まってその日の献立《こんだて》についての説明が書いてあった。

「今日の料理は、ネパールの家庭料理です。ネパール出身のみなさん、ふるさとのことを思い出してください」とか「今日のメインはサバの銀紙焼きです。サバにふくまれるＤＨＡは、脳《のう》を元気にする働きがあります」とか。漢字には全部ふりがながが打ってあって、ああ、こういう人たちも夜間中学を支《ささ》えてくれているのだなあと思った。

夕ご飯のあと、

「優菜《ゆうな》が、プリントを作ってくれたんだよ」

おばあちゃんは、お父さんとお母さんに自慢《じまん》げにプリントを見せた。

「あら、もうこんな難《むずか》しい字をやってるの」

お母さんは、驚《おどろ》きの声をあげた。

「え？　難しい？　しまった。適当《てきとう》に書いちゃったから」

「いい、いい。どんどん覚えるよ」

とおばあちゃんは言った。

「これからは、オレもプリント作るよ」

お父さんは、冷蔵庫からビールを出すと、おばあちゃんの前に座った。プシュッという音とともに泡《あわ》があふれ出す。お父さんはあわてて唇《くちびる》で押《お》さえた。

「どうしたの？　親切じゃん、お父さん」

わたしが冷やかすと、

「オレがプリントを作る。だから、もう無理して学校なんて行かないでいい」

お父さんは、またそんなことを言いだした。

「もう、お父さんは」

しつこいよ、本当に。

「お父さん、なんでそうおばあちゃんを学校に行かせないようにしようとするの？　反対してないとか言うくせに、いっつもそうじゃん」

「おまえにはわからん」

お父さんは、グイッとビールを口に流しこんだ。

「七十過《す》ぎて、小学生が習うような漢字を教えてもらいに行くなんてみじめじゃないか。夜に学校に通うことだって、年寄《としよ》りには大変なことだ。オレは、おばあちゃんにそんな苦労《くろう》をかけたくないんだ。字だけじゃなくて、いろいろな勉強がしたいなら、それも教えてやる。数学だって、英語だって、理科だって」

まだ酔《よ》っぱらってるわけではないだろうに、お父さんは、何度も「オレが教える」と言った。

「ありがとうね」

おばあちゃんは、お父さんにお礼を言った。

「あんたの気持ちは、ありがたいと思ってる。でもね、あたしは、みじめだとは思ってないよ」

「母さん」

お父さんは、椅子《いす》の上で姿勢《しせい》を直した。

「気にしてるのか？　子どものころ、『ちゃんとプリント読んでよ』とか『なんで書いといてくれないんだ』とか言ったこと」

おばあちゃんは、はっとした顔でお父さんを見た。

「しかたないだろ、字が読めないなんて思いもしなかったし。悪かったと思ってる」

似《に》たような話を、前におばあちゃんから聞いた。お父さんが子どものころ、いろんなものに名前を書いてあげられなかった話。

おばあちゃんが、自分がしてやれなかったことを気にしているのと同じように、お父さんもそれを責《せ》めたことを気にしていたのだ。

「違《ちが》うよ」

おばあちゃんは、ゆっくりと首を振《ふ》った
「あたしは、ただ、今は勉強がしたいんだよ。ずっとおじいちゃんに助けてもらってきたけど、今度は自分で字が読めるようになりたいんだよ。年賀状や手紙だって読みたいし、書いてみたい」

年賀状と言われて思い出した。何年か前のお正月、おじいちゃんとおばあちゃんが顔を寄《よ》せ合って年賀状を見ていたこと。おじいちゃんとおばあちゃん、仲がいいなあと思ったけど、もしかしたらあのときはおじいちゃんが読んであげていたのかもしれない。

おばあちゃんは、新聞のチラシを手にとって、裏《うら》に大きく「沢田優菜《さわだゆうな》」と書いた。

「あら、すごい」

お母さんは、手をたたいた。おばあちゃんは、その横に、「沢田健治《けんじ》」とお父さんの名前も書いた。

「ごめんね。あんたが子どものころ、書いてやれなくて」

お父さんは、黙《だま》って下を向いた。

「あたしは、今、すごく楽しいんだよ。中学生になれて、勉強ができて、幸せだと思ってる。他人にどう思われたっていいんだ。みじめだなんて思わない。自慢《じまん》したいくらいだよ」

おばあちゃんの顔は晴れやかだった。

「それに、今は、目標《もくひょう》ができたんだよ」

「目標？」

おばあちゃんは、うなずいた。

「三年間学校に行って、卒業証書《しょうしょ》をもらいたいと思ってるんだよ」

前に美術室《びじゅつしつ》で卒業制作の話を聞いたときのおばあちゃんの顔を思い出した。おばあちゃん、三年間通って卒業するつもりなんだ。

「先生が言ってたんだけどね、夜間中学の卒業式は、子どもや孫が来る人も多いんだって。あたしが卒業するときも、みんなが来てくれないかねえ」

「喜《よろこ》んで行きますよ」

お母さんは、即答《そくとう》した。

「わたしも行きたい」

おばあちゃんの晴れ姿《すがた》、わたしだって見てみたい。

お父さんは、残っていたビールをぐぐっと飲みほして、

「風呂に入る」

と立ち上がった。

「ビール飲んだばかりなんだから、もう少しあとにしたら？」

お母さんが止めても、

「平気だ」

言うことを聞かないで、お風呂場に行ってしまった。

「お父さんも卒業式出ますよ、きっと。ああ見えても、おばあちゃんのこと大好きなんだから、あの人」

お母さんはほほえんだ。

「早く怪我《けが》が治って、学校に行けるといいですね」

おばあちゃんは何度もうなずいた。

気がつくと、もう九時過《す》ぎだった。今ごろ、みんな掃除《そうじ》をしているはずだ。

夜間中学のスケジュールが、頭の中に完璧《かんぺき》に入ってしまっていた。

松本さんのきっちりしたぞうきんがけが頭に浮《う》かんだ。ミオちゃんは、いつもゴミを掃《は》き残すけれど、今日はちゃんとできただろうか。和真《かずま》は、いつものようにかったるそうにやっているのだろうか。

忘《わす》れようと思っている気持ちと裏腹《うらはら》に、みんなのことが次から次へと頭に浮かんできて離《はな》れない。

あんな別れ方になるなんて……ホント、最低だ、わたし。


電話がかかってきたのは、十時前だった。

「おばあちゃん、青葉中夜間学級の間瀬《ませ》先生って方から」

お母さんは受話器を手でふさぎ、差し出した。間瀬先生の名前を耳にしたとたん、鼓動《こどう》が速くなるのを感じた。

ソファに腰《こし》かけてドラマを見ていたおばあちゃんは、テレビの音を消して電話を受けた。

「はい……はい……」

なんの電話だろう。もしかしたら、和真の家から苦情《くじょう》がきたのかもしれない。どうしよう。おばあちゃんが、責任《せきにん》をとって退学《たいがく》なんてことになったら。息をひそめて、聞き耳を立てる。

「そうですか。まあまあ。わざわざ、ありがとうございます」

なんだか、受け答えが明るい。

電話を切ったおばあちゃんと目が合った。おばあちゃんは、笑顔《えがお》でうなずいた。

「和真くんがね、幸《さち》さんが来られるようにしてやってくれって言ったんだって」

頭の中で、おばあちゃんの言った言葉を復唱《ふくしょう》する。

「それって……」

「今までどおり、優菜《ゆうな》に送ってもらえばいいって」

聞き違《ちが》いかと思った。

和真《かずま》がそんなことを言ったなんて。

「ホントにホントに、いいって言ったの？」

わたしは、おばあちゃんに聞き直した。

「そうみたいだよ」

おばあちゃんもうれしそうだ。

「よかったあ。ほっとした」

お母さんは、

「よし、もう一本ビール開けちゃお。お父さん、お父さん。ビール、もう一本飲まない？」

奥《おく》の寝室《しんしつ》に向かって叫《さけ》んでいる。

「よかったね、おばあちゃん」

「うん」

おばあちゃんはうなずいた。

喜《よろこ》んでいるのはわたしも同じだ。もう一度みんなに会える。夜間中学に行ける。

送って来てもいいと言ってくれたということは、和真は、わたしを許《ゆる》してくれたととっていいのか。それとも許せないけれど、おばあちゃんのために我慢《がまん》してやるということなのだろうか。

夜間中学へ向かう電車の中でずっと考えていた。考えても考えても答えは出ない。でも、自分ができることはそれほどない気がした。

教室に行くと、和真はもう席に着いていた。

和真は、わたしたちが入って来たことに気づいて、入り口を見た。いつもと全く変わらない、ちょっとふてくされたような顔つきだ。その表情《ひょうじょう》をどうとったらいいのかわからなかった。

わたしは、和真の席まで行って、

「一昨日《おととい》はごめんなさい」

頭を下げた。謝《あやま》ったからって、投げつけた言葉が記憶《きおく》から削除《さくじょ》されるわけじゃない。傷《きず》つけた事実は残っている。でも、できることはこれだけだ。

それから、頭を上げて、

「来てもいいって言ってくれてありがとう。そのことはすごく感謝《かんしゃ》してる」

と伝えた。

和真《かずま》は一瞬《いっしゅん》泣きそうな表情《ひょうじょう》になって、あわててフンと顔をそむけた。

「さちばあが気の毒《どく》だからだ。おまえのためじゃない」

顔が少し赤かった。

「和真くん、ありがとうね」

おばあちゃんも和真の席まで来て、お礼を言った。和真は、横を向いたままこっくりうなずいた。おばあちゃんには、素直《すなお》なんだ。気づかなかった。

ミオちゃんは教室に入って来ると、

「幸《さち》さんとユウナだあ」

歓声《かんせい》をあげた。

「よかったぁ。昨日《きのう》は、和真くんとわたししかいなかったから、すごくさびしかったの」

和真とミオちゃんだけ？

「松本さんは？」

「松本さん、お休みだったの」

見回すと、今日もまだ、松本さんの姿《すがた》は教室にない。

「今日もお休みなのかなあ」

間瀬《ませ》先生は、教室に入るとわたしとおばあちゃんを見てにっこり笑《わら》った。

「先生。松本さんはお休みですか？」

たずねると、

「まだ、なんにも連絡《れんらく》はないんだけど」

心配そうに言った。昨日電話したときも、連絡が取れなかったのだそうだ。

どうしたんだろう。病気？　怪我《けが》？　おばあちゃんみたいに階段《かいだん》から落ちたとか。お年寄《としよ》りだけに、不吉なことは考え始めればキリがない。

「ぼくが……」

和真はなにか言いかけたけれど、みんなの目が自分に集まったとたん下を向いた。

和真はなにを言いかけたのだろう。そのとき、ふっと、頭に浮《う》かんだ。

「じじいのくせに学校なんて来るな！」

あのとき、和真は松本さんに、そう言い放ったのだ。

和真《かずま》は、きっと自分のせいだと思っているのだ。

大人の松本さんは、そんなことで休んだりはしないと思うけれど、絶対違《ぜったいちが》うとも言いきれない。

給食の時間、和真は全然食べなかった。ずっと下を向いて考えこんでいる。責任《せきにん》を感じているのだろうか。

「カズマ、食べないの？」

カルロスが、和真に声をかけた。カルロスは、だれかが元気がないといつもいちばんに気づく。和真は、なにも答えずうつむいている。

「カズマ、どうしたの？」

カルロスは、小さい声でわたしにたずねた。

わたしは、松本さんがお休みしていること、この前和真が松本さんにひどい言葉を投げつけてしまったことを話した。

「マツモトさん、それでお休み？」

カルロスは、首を傾《かし》げた。

「それは、わかんないけど、でも和真は、自分のせいだって思ってる気がする」

カルロスは、ふんふんとうなずくと、和真のところにつかつかと歩いて行った。

「ゴメンナサイ、した？」

と聞いた。

「ゴメンナサイ、するといいですよ」

そして、さもいいことを言ったかのように、得意げな顔でもどって来た。和真は、ポカンとしている。ほんとにもうカルロスって……。

でも、カルロスの言ったことは、そんなに見当違《ちが》いではないのかもしれない。悪いことをしたら謝《あやま》る。それしかない。

わたしも箸《はし》を置いて和真のところに行った。

「松本さんに、謝りに行こうよ」

和真は驚《おどろ》いた顔でわたしを見た。

「松本さんのところ、行ってみようよ。わたしも行くからさ」

「わたしも……行く」

向かい側の席にいたミオちゃんが言った。

「松本さんのこと、心配だし」

「ぼくも行きます！」

全然関係ないのに、カルロスも手を挙げている。

和真《かずま》は、にぎりしめた自分の手をじっと見ている。

無理かな、やっぱり。

あきらめかけたときだ。

「行く」

和真は言った。

「松本さんのところに行く」

「ホントに？」

顔を上げると、間瀬《ませ》先生と目が合った。先生は、いつもの笑顔《えがお》でうなずいてくれた。

十　松本さんを訪ねて

松本さんの家は、学校からバスで三十分くらいのところにあるアパートだった。

土曜日の午後、和真、ミオちゃん、わたし、そしてカルロスの四人は、間瀬先生からもらった地図を頼《たよ》りに松本さんの家に向かっていた。降《お》りるバス停はすぐにわかったけれど、そこからどうやって行くのかが、わからない。

おそろしいことに、わたしもミオちゃんもカルロスも、全く地図が読めなかった。頼りになるのは、和真だけだった。

「本当に、だれも役に立たない。なんのために来たんだ」

ぶつぶつ言いながらも、和真は先頭に立って歩いた。ミオちゃんは、

「和真くん、すごいねえ。慣れてるねえ」

よくわからないほめ方をした。

「慣れてない。道歩くの、四年ぶりだから」

背中《せなか》を向けたまま、和真《かずま》が言った。

四年ぶり？　道を歩くのが？

意味がわからなかった。

「それって、どういうこと？　道を歩かないで、どうやったら暮《く》らせるの？」

和真の背中に向かって話しかけると、

「簡単《かんたん》じゃん。基本《きほん》部屋から出ない。どこかに行くときは建物の前まで車で送ってもらう」

前を向いたまま答えた。

もしかして学校に来るとき以外は、外に出ないということだろうか。でも……。

「あのときは？　前に見かけたとき。雑誌《ざっし》、買ってたじゃない」

言ってから、しまったと思った。理由はわからないが、和真は本屋さんに行ったことにふれられたくないようだった。この前の事件《じけん》も、発端《ほったん》はそこだった。また怒《おこ》りだすかと思ったけれど、今日は怒らなかった。

「駐車場で待っててもらったんだ。あの雑誌、どうしてもほしかったから」

わたしは、そのときの和真とお母さんのやりとりを想像《そうぞう》した。和真のお母さんは、きっと和真をひとりで本屋さんに行かせたかったのだろう。

十分程歩くと、二階《かい》建てのアパートが見えてきた。壁《かべ》にいくつもひびが入った、お世辞にもきれいとはいえない古いアパート。どこの部屋もドアの横に洗濯機《せんたくき》が置いてあった。

「ここだ」

松本さんの部屋は、一階のいちばん奥《おく》だった。

和真は、ドアの前で足を止めた。目の前にチャイムがあるのに、押《お》そうとしない。いやな予感が頭をよぎった。

ここまで来て帰るなんて言いださないよね？

すると、長い手が後ろからにゅっと伸びてきてチャイムを押した。カルロスの腕《うで》だ。

ピンポーン。

部屋の中にチャイムが流れるのが聞こえた。わたしたちは息をつめて、耳を澄《す》ませた。中からごそごそと人の動く気配がする。

なんの返事もなく、ドアが開いた。中からスウェット姿《すがた》の松本さんが現《あらわ》れた。

「あ」

わたしたちの姿を見て、松本さんは小さく声をあげた。

「あ、あの、松本さんどうしてるか、気になって」

わたしは、あわてて説明した。

「病気かと思ったの」

ミオちゃんも言った。

松本さんは、振《ふ》り返って、チラッと部屋の中を見てから、

「ちらかってるけど、入るか」

ぼそぼそと聞いた。

よかった、追い返されなくて。

ほっと胸《むね》をなでおろした。

玄関《げんかん》に入るとすぐに台所で、その後ろに六畳《じょう》くらいの畳《たたみ》の部屋があった。布団《ふとん》がしきっぱなしになっていた。松本さんは、布団をバタンバタンと乱暴にたたんで部屋の隅《すみ》に寄《よ》せた。

それから、

「適当《てきとう》に座って」

と、顎《あご》をしゃくった。布団の横にあった、小さなテーブルのまわりに、わたしたちは腰《こし》を下ろした。

カチンと音を立てて、松本さんがコンロに火をつけた。お茶でもいれてくれるつもりなのだろう。

「お茶とか」

いいですと言う前に、

「あ、あの」

和真《かずま》の声がした。気がつくと、和真は立ち上がっていた。両手を体の前でぎゅっと結んでいる。

「あ、あの」

松本さんは、ガスの火をいったん消し、和真のほうにむき直った。

「あ、あの」

わたしは、唇《くちびる》をかんで和真の次の言葉を待った。

「あの」

何回目かの「あの」のあと、和真は、ひと息で言った。

「すみませんでした」

それから勢《いきお》いよく頭を下げた。下げたら今度はそのまま、動かなかった。手がぷるぷる震《ふる》えている。松本さんは、驚《おどろ》いたような困《こま》ったような顔で和真《かずま》を見ている。

「あ、あの松本さん！」

我慢《がまん》できなくなって、わたしも立ち上がった。

「和真くん、反省《はんせい》してるんです。許《ゆる》してあげてください」

松本さんは、はっと我《われ》に返ったように、

「なに謝《あやま》ってるんだ」

と言った。

「謝ることなんかなにもないだろうが」

和真は、顔を上げた。

「まさか、おまえたち、おれがこいつの言ったことを気にして学校に来ないと思ったのか」

「違《ちが》うの？」

松本さんは皺《しわ》の刻《きざ》まれた手で、自分の顔をこすった。

「そんなことで休むはずないだろうが。熱が出たんだ、熱が」

和真は、どすんと畳《たたみ》に膝《ひざ》をついた。さっきまでの緊張《きんちょう》が一気にほどけたように、大きく息を吐《は》いた。

松本さんは、水曜の夜、急に熱が出て、今朝まで寝《ね》こんでいたのだそうだ。何回か電話が鳴ったことには気づいていたけれど、体が動かなかったと言った。

和真がまた「じじい、電話くらい出ろよ」とか言いだすのではないかとひやひやしたが、さすがに言わなかった。

「やっと行けた学校だ。そんなに簡単《かんたん》にやめるか。あと一年で卒業なのに」

松本さんは、いつもの何倍も話してくれた。もしかしたら、みんなが来たのがうれしかったのかもしれない。

「松本さんは、どうして中学校に行けなかったんですか？　うちのおばあちゃんは、弟の世話をしたり、家の仕事をしてたりして行けなかったみたいなんですけど」

聞きにくいことも、今なら聞けるような気がした。

「似《に》たようなもんだ。働いてたんだ」

「子どものころから？」

松本さんは、うなずいた。

「満州《まんしゅう》から引き揚《あ》げて来るときに、親が死んで、自分で生きていくよりほかなかったんだ」

マンシュウってどこだろう？

まわりを見たが、ミオちゃんもカルロスもわかるはずがない。和真《かずま》が、

「中国。昔、戦争《せんそう》してるころ、日本人がたくさん行ったらしい」

と教えてくれた。

「なにしに行ったの？」

「たぶん、むこうに日本の思いどおりになる国をつくろうとしたんだと思う」

そういえば六年生の社会の授業で、「マンシュウ」という言葉は聞いた気がする。

「日本が戦争に負けて、そのままそこにいるとロシア兵に殺されるかもしれんと、命からがら逃《に》げて来た。おれは母親と逃げてたんだが、途中《とちゅう》で母親が死んだんだ」

松本さんはとつとつと語った。

「母親は、腹《はら》に子どもがいてな。逃げている途中で産気づいて生んだ。弟だった。生まれるには生まれたけど泣きもせず、結局、赤ん坊《ぼう》も母親も助からなかった」

そのあと、松本さんはまわりの大人に流されるように船に乗り、日本まで帰って来たのだそうだ。

「帰ってからは、なんでもした。盗《ぬす》みもしたし、ゴミもあさった。生きていくのに必死で、学校なんて考えたこともなかった」

満州《まんしゅう》から引き揚《あ》げて来たとき、たった十歳《さい》だったそうだ。十歳の子どもがぽんと世の中に放り出されて、いったいどうやって生きてきたのだろう。想像《そうぞう》もつかない。

松本さんに字を教えてくれたのは、そのころ知り合ったおじさんだったそうだ。木ぎれを集めて作ったようなぼろ小屋に住んでいて、一年くらいそこに住まわせてもらっていたらしい。

「戦争で片足をなくした人だった」

と松本さんは言った。「学問は大事だ」と口ぐせのように言っていたその人は、時間があると地面に字を書いて教えてくれたそうだ。

その人の影響《えいきょう》もあって、松本さんは漢字だけは自分で勉強してきた。部屋には手あかで汚《よご》れた古い漢和辞典があった。

「けどなあ、自分ひとりで勉強したもんだから、合っているのかいないのか。なんとなく自信がなかった」

和真は、正座の姿勢《しせい》で言った。

「ぼ、ぼく」

「そんなふうにして漢字を覚えたのに、変なこと言って……」

「ああ、あれか」

松本さんは苦笑《にがわら》いした。

「おまえの言うとおり、いいかげんな漢字だ。自分で覚えたやつだからまちがえとったかもしれん」

和真《かずま》は頭を振《ふ》った。松本さんは、和真の姿《すがた》をじっと見た。それから急に、

「おまえは偉《えら》い」

と言った。

「不登校だかなんだか知らんが、何年も行かずにいるのはそれはそれで勇気のいることだ。でも、おまえは、そうやって自分を守ってきたんだろう。それは逃《に》げたんじゃなくて、戦《たたか》ってきたってことだ。そこからまた夜間中学に来たってことは、力振り絞《しぼ》って来たんだろ」

和真はなにも答えなかった。答えられなかったのかもしれない。和真の目には今にもあふれ出しそうに涙《なみだ》が盛り上がっていたから。ひとことでも声をもらしたら、たちまちこぼれてしまいそうだった。

「心配するな。だれになにを言われようと、おれは、なにがなんでも卒業する」

松本さんは、力強く言った。すると、カルロスが、

「マッモトさん、高校に行きましょう」

と言いだした。

「ぼく、夜間中学卒業したら、高校行きます。昼間働いて、夜に高校に行きます」

「夜間高校か」

松本さんは、ふっと口元をゆるめた。

「八十過《す》ぎの高校生か」

「すてきです」

カルロスは、明るく笑った。

「行きましょう。高校」

「考えておく」

松本さんは、ぼそりと言った。

カルロスって、すごいと思った。ただのお調子者じゃない。他人まで巻きこんでしまうこの明るさは、もはや才能といっていい。

松本さんは、月曜日から学校に来ると言った。それで、わたしたちは安心して帰ることができた。

松本さんの家からバス停に向かう道で、突然《とつぜん》、ミオちゃんが、

「お好み焼き、きらい？」

と聞いた。

「大好きです」

カルロスが、速攻で答えた。

「わたしも好きだよ」

「和真《かずま》くんは？」

ミオちゃんは、和真に聞いた。

「わりと……好き」

和真にしては、素直《すなお》な答えが返ってきた。

「じゃあ、食べに来て」

ミオちゃんは、ぴょんとはねてみんなの先頭に立った。

「うちのお好み焼き、食べに来て」

「うちのって、ミオちゃんが働いてるお好み焼き屋さん？」

ミオちゃんは、大きくうなずいた。

ミオちゃんが働いているお店は、このバス停から四つ先にあるらしい。

「なんでわざわざ遠いところに」

和真は、ぶつぶつ言った。

「食べてほしいの」

ミオちゃんは、いきなり和真の手をぎゅっとにぎった。

「和真くんにもユウナにもカルロスにも」

手をにぎられて、和真はあきらかにあせっているのに、ミオちゃんは全く気づいていない。

結局ミオちゃんの勢《いきお》いに押《お》されて、みんなでお好み焼きを食べに行くことになった。

着いてからわかった。ミオちゃんの勤《つと》めているお好み焼き屋さんは、ミオちゃんのお父さんとお母さんのやっているお店だった。

もう三時近かったから、お昼ご飯時でもないのに、お店は混《こ》んでいた。

それでもどうにかこうにか、わたしたち用の席を確保《かくほ》してくれた。

「座って、座って」

ミオちゃんは、ものすごく元気だった。話す口調も、いつもの倍速だ。

「おすすめは、お好み焼きのミックススペシャルよ」

言われるままに、三人ともそれを注文した。

ミオちゃんは、わたしたちといっしょに座るのではなくて、さっさとエプロンを着けてカウンターの中に入って行った。ミオちゃんが準備《じゅんび》してくれるみたいだ。

「なんか、ミオちゃん、いつもと違《ちが》う」

和真《かずま》もカルロスも、ぼう然とミオちゃんを見ていた。

「いらっしゃいませ」

ミオちゃんのお母さんが、お水を持って来てくれた。

「美織《みおり》がいつもお世話になってます」

頭を下げられて、わたしたちも、あわてて頭を下げた。

ミオちゃんのお母さんは、ミオちゃんの倍くらい横幅《よこはば》のある人だった。

「夜間中学に行くようになってから、美織は本当に楽しそうでね。みなさんのおかげです」

カルロスが、調子よく、

「ミオちゃん、かわいいです」

と言った。そこに、ミオちゃんがタネの入ったボールを運んで来た。慣れた調子で鉄板に油をひくと、タネを流しこんだ。

「イカとエビとお肉とチーズが入ってるの」

しばらくすると、お好み焼き独特のいいにおいが漂《ただよ》ってきた。

「ミオちゃん、ビールお願い！」

常連《じょうれん》さんらしい人が、声をかける。

「はーい！　ちょっと待ってね」

って、ミオちゃんは、すごい大きな声で返事をしている。

見ていると、あちこちから「ミオちゃん」と声がかかる。ミオちゃんは、このお店のアイドルなんだな、きっと。

見ほれていたら、

「あ、もうひっくり返して」

テーブルにもどってきたミオちゃんに注意された。あわてて、えいやっとひっくり返した。

カルロスは、意味がわからないみたいできょろきょろしていたけど、わたしのやることを見て真似《まね》した。和真は、お好み焼きの下に返しを差しこんだまま、なかなかふんぎりがつかない。

「もうっ。こげちゃうよ」

ミオちゃんは、和真の手から返しを取り上げ、あざやかな手さばきでひっくり返した。

「絶対《ぜったい》上から押《お》さえないでね」

という指示《しじ》をわたしたちに与《あた》え、ミオちゃんはべつのテーブルに移って行った。

お店の中にいるミオちゃんは、ものすごくてきぱきしていて、よく笑《わら》って、元気だった。

レジ打ちも、バンバンこなしていた。

「ミオちゃん、かっこいいね」

思わずつぶやくと、

「うん」

初めて和真《かずま》と意見があった。

「オコミノヤキ、サイコー！」

大きな声で絶賛《ぜっさん》したカルロスには、ミオちゃんのお母さんからもう一枚《まい》、お好み焼きが進《しん》呈《てい》された。

十一　夜間中学マジック

月曜日から松本さんは、また学校に来るようになった。わたしも、今までどおりおばあちゃんのつきそいをしている。

「今日は、これを読みます」

その日、間瀬《ませ》先生は、プリントを準備《じゅんび》していた。それには『おとなになれなかった弟たちに……』という題名のお話が載《の》せられていた。

「もともと一年の教科書に載っているから、和真くんは教科書でもいいですよ」

プリントのほうには、漢字にふりがなが打ってあった。

「本当は、秋に習うんだけど、終戦《しゅうせん》記念日までにやりたくて」

と間瀬先生は言った。

先生は、だれかに読ませるのではなくて、全部自分で朗読《ろうどく》した。わたしたちは、静かに耳を傾《かたむ》けた。

それは、戦争中《せんそうちゅう》の話だった。乳飲《ちの》み子の弟を持つ主人公は、配給で手に入れた弟のミルクをこっそり飲んでしまう。弟にはそれしか食べるものがないと知りながら……。弟は、やがて栄養失調で死んでしまう。

物語の終盤《しゅうばん》、洟《はな》をすする音が聞こえた。ミオちゃんだった。ミオちゃんは、お話を聞きながら泣いていた。

しめっぽくなった空気を追いはらうように、和真《かずま》が、

「飲むなよ、ミルク」

と言った。

「そんなんで弟死んだら、たまんないのに。バカだな、こいつ」

本当は和真も泣きそうなのか、いつもより口数が多かった。

「戦争のころはね、みんないつもおなかをすかせてたんだよ」

そう言ったのはおばあちゃんだった。

「芋《いも》とか菜っ葉とか、そんなものしか口に入らないからね。ほんの少しでも甘《あま》みのあるものは貴重だったんだよ」

「そうだな」

めずらしく松本さんが口を開いた。

「なんでもいいから、口に入れたかった」

「そうでしたねえ。本当に食べるものがなくて、みんな栄養失調みたいなもんでしたよねえ。戦争でじゃなくて、栄養失調で死んだ子どものほうが多かったかもしれないですよねえ」

ふたりの会話にはだれも入っていけなかった。

栄養失調が原因《げんいん》ではないと思うけれど、松本さんの弟は生まれてすぐに亡《な》くなったって言っていたっけ。松本さんは、その子のことを思い出しているのだろうか。そう思ったとき、松本さんはもっと悲しい話をした。

「満州《まんしゅう》から引き揚《あ》げて来るとき、ロシア兵に見つからないように、昼間はみんなが息をひそめて隠《かく》れるんだ。でも、腹《はら》を空かせた赤ん坊《ぼう》が泣くんだ。そうすると、大人が言うんだ。『黙《だま》らせろ』ってな。けど、赤ん坊がそう簡単《かんたん》に泣きやむはずもない。『おれが黙らせてやる』とだれかが赤ん坊の首をしめようとする。母親がその手を振《ふ》りはらって『殺すなら、あたしがやる』ってな、自分の胸《むね》に赤ん坊の鼻と口を押《お》しつけるんだ。泣きながら。そうやって、引き揚げの船に乗るまで、全部の赤ん坊が殺された。弱いもんが、あおりを食って命を落とすんだ、戦争《せんそう》ってヤツは」

だれも言葉が出なかった。

「たくさんの子どもが死にましたよね……」

おばあちゃんが、ぽつりと言った。

「ああ、だから、『弟たちに』なんだね」

突然《とつぜん》ミオちゃんが言いだした。

「なにが？」

思わずミオちゃんにたずねた。

「なんで『弟たち』なんだろう。死んじゃった弟は、ひとりなのにってずっと思ってたの。でも、今松本さんの話を聞いてわかったの。大人になれなかった赤ん坊《ぼう》は、ほかにもいたんだね。戦争とか栄養失調のせいで大人になる前に死んじゃった子が、たくさんいたってことなんだよねえ」

ミオちゃんは、いつになく、はっきりとした口調で話した。自分が気づいたことに、自信を持っていたんだ。

「貴重なお話をありがとうございます」

間瀬《ませ》先生は、松本さんとおばあちゃんにお礼を言った。

「わたしのつけ焼き刃の知識と違《ちが》って、おふたりの言葉には重みがあります。勉強になりました」

「あらあら」

おばあちゃんは、顔を赤くした。

「そんな、あたしなんかの話が、勉強になるだなんて」

松本さんは、黙《だま》って何度もうなずいている。

こんなふうに生徒《せいと》が先生になることもあるんだな、夜間中学って。立場がひっくり返るなんて、マジックのようだ。

その日から、授業後はバレーボールの練習をすることになっていた。このあたりには、六つ夜間中学校があって、毎年六月にバレーボール大会を行うのだそうだ。

「春はバレーボール大会、秋はバスケットボール大会」

とカルロスが教えてくれた。といっても、夜間中学にはお年寄《としよ》りもいるし、日曜日がお休みではない人も多いので、全員参加にはならないそうだ。でも、大会に出られない人も練習には参加できる。わたしも、練習に参加させてもらうことにした。ミオちゃんも、本番は出られないけれど、練習は参加すると言った。

「カズマも、やりましょう」

カルロスは、なんの迷いもなく和真《かずま》にも声をかけている。

「ぼくは、やらない」

和真のほうもなんの迷いもなく断っている。でも、カルロスのほうが上手だ。和真の手をにぎって離《はな》さない。

「バレーボールは、楽しいです。みんなでがんばります。ぼくは、カズマといっしょにバレーボールをしました」

熱のこもった口調で、頭に浮《う》かんだ日本語をまくしたてる。

「なに過去形《かこけい》にしてるんだよ」

和真が文句を言っても、

「ナセバナル、ナサネバナラヌです」

と胸《むね》を張っている。このごろ、カルロスはよく「日本の名言」みたいなことを言う。わたしは、それを教えているのはおばあちゃんじゃないかと疑《うたが》っていた。というのも、カルロスが言う言葉は、みんなうちの湯飲み茶碗《ぢゃわん》やカレンダーに書いてある言葉なのだ。「エンハイナモノ」

とか「ナカヨキコトハウツクシキカナ」とか。

めずらしくアディティさんも誘《さそ》いに来た。

「カズマ、いっしょにやりましょう」

いいにおいのするアディティさんに誘われたら、ドキドキして、なんでも言うことをきいてしまいそうだ。

案の定。和真は、体育館に連れて行かれた。

おばあちゃんに待っていてもらって、わたしもミオちゃんとレシーブの練習をした。

「じゃあ、ゲームしましょう」

なんと、カルロスはキャプテンだった。副キャプテンはアディティさん。なんでアディティさんが、和真を呼《よ》びに来たのかという謎《なぞ》が解けた。選手が少ないからだ。

和真は、バレーボールが生まれて初めてらしく、レシーブするたび、ボールは全然違《ちが》う方向に飛んで行った。それでこりたのか、「明日から監督《かんとく》になる」と言いだした。

「明日までに、作戦《さくせん》を立てて来る」

宣言《せんげん》どおり、翌日《よくじつ》に本当に作戦を立てて来た。全日本のデータを見て勉強してきたのだそうだ。タブレットまで持って来て、みんなに見せていた。

「だから、ここでレシーブしたら、こちらに入って来てクイック攻撃《こうげき》で」

得意になって説明しているけれど、そんなにうまくいくはずがない。でも、カルロスは、

「わかった。カズマ、すごいね。カントク、おねがいします」

いつものように調子よく答えている。和真《かずま》がそれに気づかないはずはないと思うのだが、
監督《かんとく》っぽくコートの横で構えている。和真の指示《しじ》とは全く違《ちが》う攻撃をしていても、「よっしゃ」

とか言っている。見ているとおかしくて笑《わら》えてきた。

「和真くん、笑ってるね」

ミオちゃんがうれしそうに言った。

本当だ。

いつからだろう。和真は、普通《ふつう》に笑うようになっていた。

夜間中学マジックなのかな、これも。

十二　同級生

おかしいな、と思った。

ミオちゃんと松本さんは、いつも同じバスで来る。だから、だいたい同じ時間に教室に来るのに、その日は、松本さんのほうがうんと遅《おそ》くて、授業が始まるぎりぎりに入って来た。

どこかに寄《よ》って来たのだろうか。

来る途中《とちゅう》にコンビニもあるし、バス停とは反対方向になるけれど商店街もある。買い物をして来たとしても不思議じゃない。松本さん、ひとり暮《ぐ》らしだったし。

けれど、教室に入って来た松本さんの顔には、擦《す》り傷《きず》があった。

「松本さん、どうしたんですか。転んだ？　擦り傷できてますよ、ほっぺたのとこ」

わたしは、自分の顔で位置を教えた。

松本さんは、頬《ほお》を手で押《お》さえ、血が出ているかどうかを確認《かくにん》している。でも、

「ちょっとこすっただけだ」

何事もなさそうに言った。

絶対《ぜったい》転んだのだと思った。元気そうに見えても、八十を過《す》ぎているのだ。足下があやしくなることもあるだろう。

「ねえ、ミオちゃん。松本さん、どこかで転んでなかった？」

ミオちゃんに聞いたら、一瞬表情《いっしゅんひょうじょう》が固まったけれど、すぐに首を振《ふ》った。

そのとき、

「カルロスがまだ来てない」

和真《かずま》が、ぶつぶつ言いながら入って来た。

「今日の練習、どうするんだろ」

コートの横でタブレットを見せているだけなのに、和真はバレーボールの練習のことが気になるようだ。

「カルロス、遅刻《ちこく》するって言ってたよ。工場がいそがしいんだって」

わたしは昨日《きのう》カルロスから聞いたことを伝えた。このところ、カルロスは遅刻したり、ぎりぎりに登校したりすることが多い。工場の人手が足りなくて、なかなか仕事をあがって来られないのだそうだ。

昨日H組をのぞいたときも、めずらしく疲《つか》れた顔をしていた。話しかけると、すぐにいつものお調子者のカルロスにもどるのだけれど。

「ふうん。そうか」

最近和真は、カルロスと仲がいい。休み時間に数学を教えていることもある。

「高校に行くつもりなら、日本語だけじゃダメだ」

と、はっぱをかけている。

松本さんは、頰《ほお》の傷《きず》以外は怪我《けが》もしてなかったし、どこか痛めているようにも見えなかった。それほど心配することはなさそうだ。

そのときは、そう思った。

でも、次の日、事件《じけん》が起こった。


校門の近くまで来たとき、和真がお母さんの車から降《お》りて来るのが見えた。わたしの顔を見ると、少しばつの悪そうな顔をした。

「電車で来ればいいのに」

と言うと、

「そのうちね」

愛想のない返事をした。

「まだ三年近くあるんだから、急がなくていいんだよ。そのうちで」

おばあちゃんは和真《かずま》の味方をした。おばあちゃんて、和真に甘《あま》い気がする。

門の中に入ろうとしたとき、バス停のほうからミオちゃんが走って来た。泣きそうな顔になっている。

「どうしたの？　ミオちゃん」

声をかけると、

「松本さんが、松本さんが」

松本さんの名前をくり返している。

「松本さんがどうしたの？」

「松本さんが」

ミオちゃんは、あせると言葉が出てこないのだ。

「落ち着いて、ミオちゃん。深呼吸《しんこきゅう》して」

一回息を整えて、ようやく言葉が出た。

「バスの中に携帯《けいたい》で大声で話してる高校生がいて、それで松本さんが注意して、あのね、昨日《きのう》なの、それ。そしたら、そいつらいっしょに降《お》りてきて……」

ミオちゃんは、一生懸命《いっしょうけんめい》頭の中で言葉を組み立てている。

「高校生に注意したら、追いかけて来て、いやがらせされたってこと？」

わたしの問いかけに、ミオちゃんはうなずいた。

「でね、今日もまた電話してて。あれ、わざと」

松本さんへのいやがらせに、わざと目の前で電話したということらしい。松本さんなら、きっとまた、注意したのに違《ちが》いない。

ミオちゃんが言い終わる前に、わたしは走りだしていた。

松本さんが、松本さんが！

バス停まで来たけれど、松本さんの姿《すがた》はない。

どこ？

見回すと、自動販売機《はんばいき》の陰《かげ》に白いシャツが見えた。三、四人が壁《かべ》のように立ちふさがってる。中にだれかいるのがわかった。あれ、きっと松本さんだ。高校生たちが、松本さんを取り囲《かこ》んでいるのだ。

ど、どうしよう。

走って来たのはいいけれど、どうしたらいいかわからない。大声を出す？　警察《けいさつ》を呼《よ》ぶ？

そのとき、なにかがわたしの横を駆《か》け抜《ぬ》けた。

「おまえら、なにやってんだぁ！」

それは、和真《かずま》だった。

和真は、高校生の真後ろで大声をあげた。

「松本さんから離《はな》れろ！」

和真の声で高校生たちが振《ふ》り返った。

「おれら、なんにもしてないけど」

高校生のひとりが、不機嫌《ふきげん》そうな顔で和真を見下ろした。体の大きな高校生たちと比《くら》べると、背《せ》の低い和真はまるで子どものようだ。

「おれらのほうが被害者なんですけど。ケータイくらいでぶつぶつ言われて」

「だいたい、このじじい、うるせえんだ」

高校生が吐《は》き捨てるように言ったときだ。

「じじいって言うな！」

和真が叫《さけ》んだ。

「この人は、松本さんだ。松本さんと呼べ」

「はあ？」

「なんだよ。おまえんちのじじいか」

高校生は、松本さんをつかんだ手を放し、和真ににじり寄《よ》った。和真は、キッと高校生たちをにらみつけ、

「同級生だ！」

と言い放った。

「は？　なんだ、それ」

高校生たちは、薄笑《うすわら》いを浮《う》かべた。

「デタラメ言うんじゃねえ」

「本当だよ。この人たち夜間中学の生徒《せいと》なんだから」

わたしは、高校生たちに向かって言った。高校生たちは、声を大きくして笑った。

「だっせぇ」

「こんなじじいになって中学とか、ありえねえ」

そのとたん、

「なんだと！」

和真《かずま》は、松本さんをバカにした高校生につかみかかった。

「松本さんに謝《あやま》れ！」

威勢《いせい》よく言ったものの、和真は次の瞬間《しゅんかん》、地面にたたきつけられていた。

「和真！」

わたしが、和真に駆《か》け寄《よ》ったときだ。

「みなさーん。ケンカいけませんよ」

気の抜《ぬ》けた声が後ろから聞こえた。

「仲良くします。エンハイナモノです」

カルロスだった。

いや、カルロスだけではなかった。アンドレもアディティさんもいる。その後ろには軽く二十人を超《こ》える外国人たちがいた。青葉中の夜間学級の生徒《せいと》たちだ。

「なんだ、おまえら」

高校生たちは身構えた。大勢《おおぜい》の外国人たちの登場で、あきらかに腰《こし》が引けている。

「ぼくたちは、マツモトさんと同じ学校です」

「チュウガクセイです」

「マツモトさんといっしょに勉強してます」

「ボウリョクやめてください」

思い思いのことを口にしながら、高校生たちに一歩一歩近づいて行く。

「暴力なんてしてねえし」

高校生たちのトーンが、下がっているのがわかった。

「なんだ、こいつら。気持ち悪いな」

それが逃《に》げ出す合図だった。高校生たちは足早に去《さ》って行った。

カルロスは、地面に座りこんでいる和真に手をさし出した。

「カズマ、ナイスファイトです」

和真は、体裁が悪そうにうつむいた。

「ありがとう」

松本さんは、みんなにお礼を言った。それから、和真の横まで来ると、

「和真《かずま》くん、ありがとう」

深々と頭を下げた。

「しかたないだろ」

和真は、照れくさそうに横を向いた。

「放っておけないじゃないか。同じクラスなんだから」

それだけ言って、和真は駆《か》けだした。

「早くしないと遅刻《ちこく》だ！」

と言いながら。

十三　バレーボール大会

バレーボール大会の会場は、花谷中学校の体育館だった。青葉中の校区からは少し遠かった。選手として試合《しあい》に出るわけではないけれど、わたしとおばあちゃんは会場に駆けつけた。会場には、なんとお父さんが車で送ってくれた。

体育館をのぞくと、応援《おうえん》の人たちが壁《かべ》に張りつくようにして立っている。奥《おく》に間瀬《ませ》先生の姿《すがた》が見えた。お辞儀《じぎ》をしながら、中に入って行くと、お母さんくらいの年格好《としかっこう》の女の人に頭を下げられた。最初はだれかわからなかったけれど、よく顔を見たらわかった。和真のお母さんだ。ときどき車のガラス越しに見てはいたが、近くで見るのは初めてだ。

大会は、Ａブロック、Ｂブロックに分かれ、総当たり戦をしたあと、それぞれのブロックから勝ち数の多いチームが決勝戦《けっしょうせん》に出る。予選で負ければ試合は二回だけだ。

試合前ということで、チームごとに集まってウォーミングアップをしている。

青葉中はどこ？　体育館の中を見回すと、いた！　入ってきたとびらとは反対側。ステージの前だ。でも、やけに人数が少ない。

もともと参加人数は、そんなに多くはなかった。十五人くらいだったと思う。でも、コートには、どう見ても五人ほどしかいない。

「バレーボールっていうのは、あれだけでやれるのかねえ」

おばあちゃんも、心配している。

わたしは、一度外に出て、犬走りを通ってステージ側に回った。

「ちょっと見てくる」

「カルロス！」

キャプテンのカルロスに声をかける。

「みんなは？　少なくない？」

「アディティは、仕事休めなくなった」

カレー屋さんに勤《つと》めているアディティさんは、同じお店で働く人がはしかにかかってしまったため、「もしかしたらダメかも」とは言っていたのだ。

「ほかは？」

「わからない。みんな、来ると言ってた」

「いいかげんだよなあ。こんなときに遅刻《ちこく》だなんて」

和真《かずま》が他人事のように言った。いつものようにタブレットをいじっている。相変わらず、格好《かっこう》だけは名監督《めいかんとく》だ。

体育館の壁《かべ》の時計を見ると、試合《しあい》開始までもう十分もない。

スマホをいじっていたアンドレが、

「カルロス、大変！」

大声をあげた。

「デンシャ、止まった！」

カルロスは、アンドレに駆《か》け寄《よ》った。

「電車って、みんな、電車なの？」

和真もタブレットでなにか調べ始めた。

「人身事故《じこ》！　なんだよ、こんなときに」

わたしは、人数を確認《かくにん》した。カルロス以外は四人しかいない。

「どうするの？　人数足りないよ」

カルロスは、腰《こし》に手を当てて考えている。

アンドレが、

「今、電話きた。バスでこっち向かってるって」

と言った。よかった。でも、今バスに乗り換《か》えたとしたら、着くまでにはまだ時間がかかりそうだ。

ステージの前で、先生たちがなにやら相談《そうだん》を始めた。たぶん、ほかの学校でも来ていない生徒《せいと》がいるのだろう。

「試合《しあい》開始を遅《おく》らせるんだろうな、きっと」

と和真《かずま》が予想した。それしかないと、わたしも思った。

次に各《かく》チームのキャプテンが呼《よ》ばれた。先生たちから、なにか説明を受けている。カルロスは、振《ふ》り返ってチームのみんなを見た。指《ゆび》で数を数えている。数えなくても足りないことはわかっている。カルロスとアンドレ、インド人のアジャイさんと中国人のチョウさんとホンファさんだけ。五人だ。

カルロスは、ふんふんとうなずいて、駆《か》け足でもどってきた。

「どうなった？」

みんなが聞くと、

「いる人だけで、試合始めます」

カルロスは言った。

「いる人って……足りないよ」

五人でやるつもりなのだろうか。

「六人いる」

カルロスは、にっこり笑《わら》いながら、横目で和真を見た。

全員の視線《しせん》が和真に集まる。和真自身の目はこぼれ落ちそうに見開かれている。

「ぼく、違《ちが》うよ。選手じゃなくて監督《かんとく》だから。ほら！」

和真は、タブレットを「水戸黄門の印籠《いんろう》」のようにさし出した。カルロスは、それをひょいと取り上げ、わたしに渡した。

「大丈夫《だいじょうぶ》。ナカヨキコトハウツクシキカナです」

それ、使い方、まちがってるよ！

つっこむ間もなく、和真はカルロスに引きずられてコートの中に連れこまれた。

「心配ない。信じて。立っているだけでいいよ」

それは、和真《かずま》をみんなでカバーするからということなのだろう。

「わかった」

和真は、覚悟《かくご》を決めたようだった。

「試合《しあい》に出るよ」

会場にアナウンスが流れる。

「第一試合に出る選手は集合してください」

第一試合は、青葉中と会場校の花谷中だった。わたしは応援席《おうえんせき》に移動した。

「和真くん、出るんですか?」

間瀬《ませ》先生が、心配そうに聞いた。

「みたいです」

先生の横では、和真のお母さんが、食い入るようにコートを見つめている。両手は、顔の前で合わせられて、まるで祈《いの》っているように見えた。

ピピー。

開始のホイッスル。和真は前衛《ぜんえい》の真ん中にいる。右どなりはカルロス。左がアンドレ。ふたりでカバーするつもりなのだろう。

打ちこまれたサーブを、後ろのチョウさんがレシーブ。アンドレが、トスを上げる。それをカルロスがすかさずアタック！

決まった！

わあっと拍手《はくしゅ》が起こる。和真もうれしそうにみんなとハイタッチしている。

次のカルロスのサーブも決まった。カルロスにサーブ権がある間に、一気に五点も入った。

「勝てるかも」

青葉中の応援席は、わき上がった。

でも、そうはうまくいかなかった。一度移ったサーブ権が、再びもどってきたときだ。サーバーは、和真だった。ボールを手にした時点から、あやしい空気が漂《ただよ》いだした。ボールを手にする和真の姿《すがた》が、だれが見てもわかるほどぎこちないのだ。

サーブが入るかという以前に、ボールが腕《うで》に当たるかどうかすら疑《うたが》わしい。見ているこちらの心臓《しんぞう》までドキドキしてきた。ホイッスルが鳴り、和真は両手でボールを上げた。そして次の動作で、腕を思いきり振《ふ》った。かろうじて空振りにはならなかった。でも、ボールは相手のコートに入らず、後衛のホンファさんの頭に勢《いきお》いよく当たった。体育館に笑《わら》いが起こった。

遠目に見てもわかるほど、和真の顔が真っ赤になった。まずい。和真のことだ。「もうや

めだ！」とコートを出てしまうのではないか。不安が頭をよぎった瞬間《しゅんかん》、

「ドンマイ！」

カルロスが大声を出した。

「カズマ、ドンマイ！」

和真《かずま》は顔を赤くしたまま、うなずいた。和真のお母さんから、ふうっと聞こえるくらい大きなため息がもれた。

カルロスの機転で、いったんピンチは回避《かいひ》できたように思えた。でも、本当のピンチはそこからだった。

サーブの様子で、相手チームに和真が下手だということがばれてしまったらしい。とたんに、和真が集中攻撃《こうげき》されだした。みんな、必死にカバーに回るのだけれどうまくいかない。よけるならよけるで、さっと動けばいいのに、ボールがこわい和真は、体がすくんでしまう。

「和真、こう」

チョウさんがレシーブの手の形を教えている。でも、和真の目には入らない。完全《かんぜん》に頭に血が上ってしまっているのだ。

「和真、がんばれー！」

応援席《おうえんせき》から声が飛ぶ。でも、その声も、きっと和真には届《とど》いていない。

相手チームには次々に点が入っていく。セットポイントまであと三点というところまできたときだ。相手の打った強烈《きょうれつ》なサーブが、和真の顔にまともに当たった。メガネがふっ飛び、和真も倒《たお》れこんだ。

「カズマ!」

カルロスが、駆《か》け寄《よ》った。

「大丈夫《だいじょうぶ》?」

ホンファさんが、メガネを拾《ひろ》って和真に手渡した。

カルロスは、わたしのほうを振《ふ》り返った。

ダメ、と唇《くちびる》が動いた。カルロスは、試合《しあい》をリタイアするつもりなのだ。たぶん、和真にもそのことを言ったのだろう。

メガネをかけ直した和真は、立ち上がってカルロスを見た。それから、応援席にも聞こえるほど大きな声で言った。

「試合はこれからだ!」

体育館にいた全員の目が和真に集まった。

「今のサーブでわかった。次は取れる」

会場にどよめきが起こった。

みんながもう一度ポジションに着き、敵方《てきがた》のサーブ。だれもが息を呑《の》んで見守っている。

むこうとしても、あんなふうに言われた手前、標的《ひょうてき》を変えるわけにはいかなかったのだろう。

サーブは、まっすぐに和真《かずま》に向かってきた。和真は、ぐっと腰《こし》を落とした。そして、手首とひじの中間あたりにボールを迎《むか》え入れた。バーンという大きな音とともに、ボールは高々と宙《ちゅう》に舞《ま》った。

「オーライ」

すかさずアンドレが、下に回りバックトス。

次の瞬間《しゅんかん》には、カルロスの見事なアタックが決まっていた。

「やったー！」

まるで勝利を決めたように、応援席《おうえんせき》は盛り上がった。

「やった、やった、やった！」

近くにいた人どうし、バンバン体をたたき合った。和真のお母さんは、目にいっぱい涙《なみだ》をためて笑《わら》っていた。

といっても、和真の活躍《かつやく》は、その一回きりだった。あとは、一度もボールを返すことができなかった。結局青葉中はストレートで負けてしまった。だけど、和真もカルロスもアンドレも、心の底から笑っているように見えた。

その十分後、電車組が合流し、二回戦は無事いつものメンバーで戦《たたか》うことができた。和真は、偉《えら》そうにタブレット片手に指示《しじ》を出していた。結果的には一勝一敗で、決勝戦《けっしょうせん》には出ることができなかった。

それでも、間瀬《ませ》先生は、満足《まんぞく》そうな顔でうなずいていた。和真のお母さんは、何度も何度も涙をぬぐっていた。和真が夜間中学に通うことをいちばん望《のぞ》んでいたのは、きっとこの人だ。

ずっと立ちっぱなしで騒《さわ》いでいたので、かなり疲《つか》れた顔のおばあちゃんと、ひと足先に帰ることにした。お父さんに迎えを頼《たの》む電話をかけ、おばあちゃんを支《ささ》えながら外に出た。すると、わたしたちのあとに続くように、見覚えのある人物が出てきた。シュウちゃん先生だった。

「先生」

声をかけると、先生は、

「おう」

と手を上げた。それから、おばあちゃんを見て会釈《えしゃく》をした。おばあちゃんのほうも、

「いつも孫がお世話になっています」

と頭を下げた。

「先生、来てたんですね」

体育館のどこにいたのだろう。全く気づかなかった。

「うん。和真《かずま》のお母さんから電話をもらってさ」

そうか。和真のお母さんが連絡《れんらく》したんだ。

「よかったな、和真。レシーブできて」

わたしはうなずいた。

「負けちゃったけどね」

「だなあ。ボロボロだったなあ」

ふたりで笑《わら》った。

「でも、いい試合《しあい》だったな」

「わたしもそう思います」

先生に和真のことをもっと伝えたくなった。

「先生、和真くん、すごく変わったと思うよ。たぶん、先生の知ってる和真くんとは違《ちが》う」

「うん。そんな気がする」

シュウちゃん先生は、めずらしくちゃんと話を聞いてくれた。

「自慢《じまん》の同級生ですよ」

おばあちゃんが言うと、シュウちゃん先生は、

「よかったです」

しみじみとつぶやいた。

「本当に、よかった」

十四　さよなら、夜間中学

本当は少し前からわかっていた。おばあちゃんが、それを言いだせずにいること。

でも、お母さんに病院に連れて行ってもらった日の夕方、おばあちゃんは、とうとうその言葉を口にした。

「今までありがとう。もう、足は治っているそうだから、これからは杖《つえ》なしで歩けそうだよ」

見ないふりをしていたけれど、少し前からおばあちゃんは、杖なしでちょこちょこ歩いていた。痛《いた》みはなくなっていたのだ。なかなか言いだせなかったのは、わたしが夜間中学を楽しんでいることがわかっていたからだと思う。

「優菜《ゆうな》に来てもらうのは、今日で最後にしようと思うんだよ。長いこと、ありがとう」

六月も半ばになろうとしていた。ひと月以上、おばあちゃんと夜間中学に通っていたことになる。でも、いつまでもそうしているわけにはいかないことはわかっていた。

久々に杖なしでむかった桜台駅で、おばあちゃんは今村さんに、

「ご心配をおかけしましたけど、足も無事に治りました。孫に送ってもらうのも、今日で終わりです」

と、報告《ほうこく》した。今村さんは、

「それはよかったです」

おばあちゃんに言ったあと、

「長いこと、つきそい、ご苦労《くろう》さまでした」

わたしにほほえんでくれた。毎日「いってらっしゃい」「お帰りなさい」と声をかけてくれた今村さん。これからも、きっとおばあちゃんを見守ってくれるのだろう。

学校で間瀬《ませ》先生に、今日でつきそいをやめることを話した。

「そうですか。さびしくなりますね。でも、お疲《つか》れさまでした」

先生は、いつもと同じ笑顔《えがお》だった。

ミオちゃんや和真《かずま》や松本さんにもそのことを話した。H組にもあとでお別れに行かなくちゃなと思った。

廊下《ろうか》の掲示板《けいじばん》には、この前のバレーボール大会の写真が貼《は》ってあった。みんな、とびきり

の笑顔《えがお》だ。

いろいろあったなあ。たったひと月ちょっとなのに。

思い出すとしんみりしてしまいそうなので、やめた。

和真《かずま》と喧嘩《けんか》になって学校に来られなくなったときは、苦しくて苦しくてしかたなかったけれど、今回は、すっきりした気持ちだった。

給食のとき、間瀬《ませ》先生に最後のあいさつをするように言われた。

「そんなのいいですよ」

と断ったけれど、

「一ヶ月以上通っていたんだから、お別れのあいさつくらいするものですよ。みんなだって、優菜《ゆうな》さんはどうしたんだろうと心配するから」

と言われた。そう言われてみればそうだと思った。たくさんかわいがってもらったのだから、黙《だま》っていなくなるのはルール違反《いはん》だ。

早めに言わないと、緊張《きんちょう》して給食が食べられそうにないので、食べる前にあいさつをさせてもらうことにした。

食堂にみんながそろったタイミングを見計らって、間瀬先生が声をかけてくれた。

「優菜さんから、ご報告《ほうこく》があります」

間瀬先生の言葉で黒板の前に立つ。五十数人の目が、いっせいにわたしに向けられた。ドキドキしたけれど、よくよく見れば知った顔ばかりだ。

「ひと月ちょっとの間でしたが、お世話になりました。おばあちゃんの怪我《けが》が治ったので、つきそいは今日で終わりになりました」

カルロスが、わざわざ席を移動してすぐそばまで来た。指《ゆび》をひらひらさせて、上目遣《づか》いにわたしを見ている。

「ただのつきそいだったはずなのに、いっしょに授業を受けたり、バレーボールの練習をしたり、すごく、すごく楽しかったです」

ミオちゃんと目が合った。ミオちゃんは、今にも泣きだしそうな顔をしている。それを見たら、わたしも鼻の奥《おく》がじんとしてきた。

「おばあちゃんが通うようになるまで夜間中学なんて、全然知りませんでした。どんな人がいて、どんな勉強をしているのか、考えたこともありませんでした」

和真は、なにか言いたそうな顔でわたしを見ている。文句があっても、受けつけませんから。

「勉強は、昼間の中学といっしょのところも違《ちが》うところもあったけど、授業を受ける態度《たいど》は、昼間とは全然違《ちが》っていて、こっちのほうが、断然真面目《だんぜんまじめ》で、すごいと思いました。勉強するってこういうことなんだって思いました」

わたしは、ひとつ息をついた。

「いろいろあったけど、わたしは、この夜間中学が大好きになりました。ここに来られてよかったです。だから、ホントはお別れするのがさびしいです。もっといっしょにいたいです」

言ってしまってから、しまったと思った。自分が、今にも泣いてしまいそうなことに気づいたから。

「大丈夫《だいじょうぶ》だよ」

ミオちゃんが、か細い声で言った。

「別れても、ずっとクラスメイトだよ」

「今だってクラスメイトじゃないだろうが」

和真《かずま》が、バカにしたように言った。ミオちゃんがたちまちシュンとなった。ホントにもう、こいつは、最後まで。

でも、和真は続けて言った。

「クラスメイトじゃなくて、それを言うなら仲間だ」

仲間……？

耳を疑《うたが》った。今のは、本当に和真が言ったの？

「ナカマ、すばらしいです」

カルロスが立ち上がって、拍手《はくしゅ》をした。

「カズマ、すばらしい。ナカヨキコトハウツクシキカナです！」

「もう、カルロス、そればっかり」

みんなが笑《わら》って、先生たちも笑って、わたしも笑った。

「明日からはもう同じ教室で授業を受けることはありませんが、この町のこの校舎《こうしゃ》で勉強しているみなさんのこと、忘《わす》れません。ありがとうございました」

最後に全員の顔を見回した。どの顔も笑顔《えがお》だった。

カシャ。

心の中でシャッターを切る。

永久保存《ほぞん》の笑顔だ。

そのあと、四時間目までいつものように授業を受けて、みんなと掃除《そうじ》をして、教室をあとにした。

「お世話になりました」

間瀬《ませ》先生にお礼を言って、ミオちゃんには、

「今度お好み焼き、食べに行くね」

と約束《やくそく》した。松本さんには、

「体に気をつけて、卒業してください。できたら、高校も行ってください」

和真《かずま》には、なんと言ったらいいかわからなくて、

「じゃあね」

とだけ言った。和真は、それだけかよ、という顔をして、自分のほうから、

「数学とパソコンのことなら、いつでも聞きに来ていいぞ」

いばって言った。

「じゃあ、今度バレーボール教えてあげる」

と言い返したら、蹴《け》る真似《まね》をしてきた。でも、目が笑《わら》っていた。

最後は、みんなに、

「さよなら！」

と手を振《ふ》って教室を出た。

「おばあちゃん、階段《かいだん》、気をつけてね」

ふたりで一段一段たしかめながら下りる。

「もう転ばないでね」

「わかってるよ」

クスクス笑いながら、下りきった。

今日は天気がよかったせいだろう。昇降口《しょうこうぐち》から出ると、星がよく見えた。そういえば、昨日《きのう》の理科では「夏の星座」を勉強した。

「こんなふうに、夜に星を見ることなんてなかった」

とおばあちゃんが言った。

「星に名前があることなんて、学校で教えてもらわなかったら知らないままだった」

「そうだね」

でも、名前を知らないときだって、星はそこに輝《かがや》いていたのだ。

わたしは、振り返って校舎《こうしゃ》を見た。闇《やみ》の中に、黄色い明かりが浮《う》かんでいる。あの中に、ここへ来るまでは名前すら知らなかった人たちがいる。夜空にきらめく星のように、自分の力で明るくたくましく輝《かがや》いている人たちがいる。

「ユウナー」

窓《まど》から身を乗り出し、手を振《ふ》っているのはミオちゃんだ。

「ユウナ、アイラブユー！」

H組の窓では、カルロスが、調子のいいことを言っている。

「またなあ」

と言ったのは和真《かずま》だ。その横で、松本さんが手を振ってる。めったに見られない満面《まんめん》の笑《え》みだ。

「またねえ」

わたしも手を振った。

うん。そうだよ。ここに来たら、いつだって会える。

明日、学校に行ったら、朋美《ともみ》と蕾《つぼみ》に、

「おばあちゃんは中学生なんだよ」

と話してみよう。ふたりがなんて言うかわからないけれど、今は話してみたい気分だ。

「優菜《ゆうな》、行こう」

おばあちゃんがわたしの名を呼《よ》んだ。

「うん」

わたしは、おばあちゃんと並んで歩きだす。明かりの消えた商店街のむこうに、青葉駅が見えた。

山本悦子
1961年愛知県半田市生まれ、現在も半田市在住。元小中学校教員。作品に『がっこうかっぱのイケノオイ』『先生、しゅくだい わすれました』「ポケネコにゃんころりん」シリーズ（童心社）、「テディベア探偵」シリーズ（ポプラ社）、『ななとさきちゃん ふたりはペア』（岩崎書店）など多数。

参考文献
高野雅夫『夜間中学生タカノマサオ 武器になる文字とコトバを』（解放出版社）
松﨑運之介『学校』（晩聲社）
山田洋次『「学校」が教えてくれたこと』（PHP研究所）
米倉斉加年『おとなになれなかった弟たちに……』（偕成社）

物語の王国Ⅱ8
夜間中学へようこそ
2016年 5月31日 第1刷発行

作者　山本悦子
発行者　岩崎弘明
発行所　株式会社岩崎書店
〒112-0005 東京都文京区水道1-9-2
電話 03(3812)9131［営業］
03(3813)5526［編集］
振替 00170-5-96822
印刷　三美印刷株式会社
製本　株式会社若林製本工場

ISBN 978-4-265-05788-7 NDC913 248P 19cm×13cm

E-mail : hiroba@iwasakishoten.co.jp
岩崎書店HP : http://www.iwasakishoten.co.jp